milena marković
deca

BEOGRAD / MMXXII

copyright © Milena Marković, 2021

urednici izdanja
Flavio Rigonat
Zvonko Karanović

DECA

u staroj zgradi u centru grada
čuvala me je tatina sestra
kad sam bila jako mala
pa bi na krov išle stepenicama
da sušimo veš
iz lavora prstićima pružam tetki veš
košulje se nadimaju pod brzim oblacima i vetrom
hiljade i hiljade prozora svojim očima sjakti
kad siđemo u stan poješćemo nešto lepo
tetka je šaputala
gledala devojkama u šolju i pričala
kako je nisu dali za jednog što joj se sviđao u selu
nego za teču inženjera
pre toga je radila u beogradu kod bogate rodbine
i svašta su radili i govorili pred njom
kao da ne postoji
tetka je govorila
više od jednog muškarca da ima devojka
to ti je već javna kuća
pred smrt kad me je poznala
oči su joj bile blage i svetle
radovala se što sam došla

i ja ću je tamo pozdraviti i ljubiti moju milu tetku
nisam je dovoljno ljubila morala sam da žurim negde

obdanište je bilo strašno rekli su
da moram da idem jer svi moraju da rade i uče
i niko neće biti kod kuće
obdanište je bilo pored moje zgrade i ja sam
odlazila do ograde kad su nas vodili napolje i
gledala sam
svi su bili kod kuće i mama je lupila šerpom i sestra je
gledala kroz prozor i otac je pušio cigaretu na prozoru
brat je došao popeo se stepenicama
ušao u zgradu da ide kući samo ja ne mogu
onda bi me kaznila vaspitačica što se penjem na ogradu
isto tamo u jaslicama kad bi neko zgrešio svi bi dobili
lančano po guzici i svaki dan sam plakala
mama je rekla sine moraš da znaš da ne mogu
svi da te vole to je bio veliki trenutak
ne samo da me ne vole svi
nego me niko ne voli to sam tada shvatila
dok sam ih gledala kako su svi kod kuće
a ja sam tu pored
mala i sama

u selo se išlo svakog petka
stisnuti nas troje sa punim bešikama
jer nema stajanja
a oni ispred se dodaju termosom kafe
i puše stalno cigarete
i tata stalno pušta volan jer viče i mora
sa dve ruke i nogama da se pomaže dok viče
njega niko ne razume i mi nemamo milosti

jednom mu je volan ostao u rukama
i to je bilo iznad kanjona
što ga nije sprečilo da stane posle nekog vremena
natera nas sve da izađemo iz kola
poređamo se ispred ambisa
i gledamo u divan tanki most
poskočio nad modrom vodom
a kad se vraćamo sa sela gajbice su na kolenima
nema šta da kupujemo
na pijaci i da naše propada
sveže neprskano
a na selu baba je umrla pre nego što sam se rodila
govore mi da ličim na nju a ona je dosta ružna
ne čak ni ružna nego neugledna što je gore
i onda je deda tatin tata doveo nerotkinju što su je
iz dve kuće izbacili a nju sam morala da
zovem majka i stalno je držala hranu pod katancem
a mama je sekirom kidala katanac da ja jedem sir
tata je vrlo malo jeo to što se na selu čuva
govori se da je to zbog toga što je jednom sreo
velikog pacova u kaci za kupus
a deda je imao šećer koji nije lečio pa mu je bila
trula noga i nije spavao u kući nego
ispred kuće pod strehom
lep čovek sa trulom nogom i mnogo pametan
ali ja se toga ne sećam mnogo sam bila mala
sećam se smrada i tužnih plavih očiju koje
niko nije nasledio
to selo imalo je strašan bunar jedan ispred kuće
i drugi još strašniji izvan avlije pokriven samo
trulim daskama
i tu si morao da paziš da ne upadneš

a pre svega da ne upadnu ovce
a njih si morao da paziš da ne odu u detelinu
jer onda puknu i umru
ali kad prođeš bunar i namiriš ovce pokupiš šljive i okruniš kukuruz
sipaš pomije svinjama i jedeš i ljubiš tu što moraš da je zoveš majka a ona te svaki put ljubi u usta
ti odeš na livadu
a tamo na livadi na sjajnoj kad nema ljudi ovaca ni krava
svaki cvet ima svoje ime
nad cvećem tamno opako snažno drveće
pa dalje jaruga strana duboka
topole tu su bile i kad legneš ispod njih nebo ti ujede srce lepotom
a onda krišom odeš u obor da stiskaš jaganjce jariće
tele ne smeš da diraš jer je krava strašna
male životinje i njihova
mala srca što kucaju
topla u rukama i želja
da ih stisneš i zadaviš i poljubiš
i njihovi zubi
kljunovi i jezici
topli hrapavi oštri
male životinje što se otimaju a neka ti se puštala i tu baš nisi htela da držiš
a dalje dalje od livade kad prođeš breskve i jabuke
sa belim cvatom
nekad smo samo išli da vidimo kako cveta
deda je javio da puca led da probija cveće
idemo da vidimo
dalje je bilo mrkog drveća hrasta i oraha
tu je bio zamak

u zamku ja sam zanosna
i čekam njega da dođe
on ima oči plave nadmene
kosu crnu
beloput je jaše konja
bljeska belim kurjačkim
zubima ne on je plav
rumen velikih usana gazi
preko livade smeši se
on je smeđ drzak tanak
kosa duga vijori
ne to je isus
na koga gledam žudnim očima
još dosta imam do žene
a samo o tome mislim
posle hrasta i oraha kukuruzi počinju
nema im kraja veći su od mene
klipovi imaju ogromne kose
zlatne i rujne
to je tvrđava već jedna grad jedan
to su princeze silne zatočene
nežne besramne grčke boginje amazonke
vile i veštice to sam sve ja kad jednom budem lepa
kad izađe ona baba iz mene
onda se čuje neko se šunja
lišće se cepa
to je crni pas
on je strašan beži sakri se
pokidao je lanac
ujutru treba ustati iz perina
i dugo čujem zvuk lanca koji se vuče
po tek osušenom blatu i zapinje za korenje

veliki roditelji imaju strašno spretne ruke
iz tih ruku izlazi hrana i čista odeća
oni viču voze deru kože i peku rakiju
začula sam mukla srca topot konja mrku krv
mene divnu u kukuruzu sa gustom zlatnom kosom
samo da budem sama da ih ne gledam
tu porodicu taj žvakački derački soj
da me ne vređaju

jednoga dana rekla sam maminoj sestri
da oni stariji puše
prevarila me je davala mi uštipke
i pitala me onako kao usput
puše li oni
ta kuća nikad nije bila završena
imala je ploču preko
a na ploči šator
te noći su me sestre i braća izbacili iz šatora da
idem u šumu
kolika je bila to šuma
čitavih deset metara
a u njoj zmije i pacovi
automobilske gume i rolne guz papira i kore od lubenice
gde su tvrđave zamkovi gde je moj
junak da me izbavi tu ima
mnogo rođaka braće i sestara žilavih ujaka
ujni što laparaju
oni jedu brže i pričaju brže i
kolutaju očima puše cigarete
imaju menstruacije tuku se piju
idu na logorske vatre
plaču zbog roditelja

plaču zbog nečega što ja ne smem da čujem
samo ja najbolje plivam od svih
ja sam u moru
ja sam u moru lepotica
gledajte ona je u moru
ona je visoka i crvenokosa
ima zelene oči i duge prste na rukama
ono na kamenju nisu guzate sestre i rođaci što
kolju lubenicu
oni ne postoje
ja sam došla tu sama
sama sam došla na svet
sama sam došla da sve očaram
ja sam sa broda ne ja sam iz jedne kuće
jedne kuće na steni jedne bele kuće
jedne bele kuće sa plavim prozorima
imaju stepenice do nje
idu od mora
ima pećina ispod nje
ja imam šešir i tešku pletenicu do ispod kolena
ja imam sandale i bisere oko gležnjeva
ja pucam iz puške i soko mi sleće na ruke
orlovi dolaze kod mene iz usta mi jedu a vukovi
me prate i čuvaju
u moru sam mama
ne želim da izađem i jedem lubenicu
ne želim da gledam to meso iz koga sam potekla
nisam od vas ja sam sama došla
vi ne postojite
topli ružni grad u upekloj dolini
u gradu smokve i lorber
kuća i terasa bez ograde

one su, moje sestre
sve guzate uskih strukova
sa jakim kosama i obrvama
i jakim dlakama na rukama
samo leže tajno puše na terasi bez ograde
jedan dan samo jedu jedu
dva dana gladuju
dugo su u kupatilu
sede i dižu noge po dušecima
postanu brze i siktave
mirišu se kupaju smeju
briju dlake brijačem
kad pipneš im nadlakticu ona je
oštra i dlake sve više rastu
i nešto oštro i slatko miriše od njih
i stalno im je dosadno
deda je strašan on mumla
i pipka po grudima i oko rupice
deda je đavo to je čikica koga guraš
od sebe kad te dohvati iza kuće
a te noći su divne
sa kućom punom ljudi koji viču
koji se nazivaju moja porodica
jednom kad nema mesta za spavanje
spavam kod baba tetke
koja nikad nije skinula crninu
za sinom snajom i unukom
što ih je pokosio zaspali turčin na autoputu
kad se majka okrenula da sinovima doda
sendviče i sok
taj dečko što je preostao iz automobila
nije dobar dečko i sve mu puštaju

baba tetka kaže moram da se operem da se ne upalim
stavlja korito nasred sobe koja se
retko koristi i ja se skidam
pod punim svetlom a onda ona zove
unuka da gleda moju ribicu i on se smeje
ja sam sa planine
tamo sam jahala divlje konje i
cveće je opojno više od mene
ljudi dolaze da me vide imam crnu kosu
jake obrve i belu put
vidite me bednici ja sam čarobnica
sa kosom do ispod kolena koja je kad se veže
kao bič kao prut
mene sve zveri znaju ja sam
ratnica planinska ukrotiteljka
vukova i medveda i zmija
te guzate lenje devojke moje sestre
pričaju o onome stalno
dal im je neko već ušao unutra
dal je i to dosadno
bistra ledena voda teče preko oblutaka
ja je gazim a rekli su da čuvam stomak
žensko sam dete i ja je gazim
i kupam se u njoj
on dolazi
on je tih kao da je nem
ima oštru bradu svetle oči i nosi šešir
i nož za pojasom
u bistroj vodi je moj rođak
i jedan drugi na drvetu
oni imaju noževe
imaju noževe svi u gaćama

ja nemam oštre dlake
ja sam ćosa ćosava
slabe kose i obrva
ja sam jedna dobra devojčica
puna sam kao jaje na oko
puna sam kao lubenica
prazna sam kao oblaci
kao krnji lavor
klizava kao punoglavac
nema više tvrđava zamkova
provalija duboke vode
sve je u nogama rukama
guzici glavi telu
nestao je čitav čudesni svet
ima samo jedno telo i ja sam u njemu
i želim farmerke sa cvetovima
kakve nose starije devojčice

on je došao u školu
za glavu viši od svih vidi se
da ga je mama obukla i opeglala
on ne može da se ne smeje
njemu se osmeh preliva iz debelih usana
šake su mu ogromne preko pola klupe
jabučica mu je kao šljiva kao kesten
on dolazi na rođendan i moja sestra se naginje
sa baklavama i ja vidim magle mu se oči i svima njima
imam haljinu iz mamine mladosti
prvo mislim da mi dobro stoji onda shvatim
da izgledam smešno nedoraslo
imam roze sjaj za usne i stan mi je
ružan jedna je pitala da li se selimo

stalno izgleda kao da se nismo raspakovali
i uvek nešto jako miriše
ima puno ljudi u tom stanu i ja nemam veze sa njima
ja sam umetnica
mene će ljudi da zapamte
i svi će da plaču što mi se nisu divili
i svi će da budu bedni
a ja ću da budem u velikom potkrovlju i imaću
ruske hrtove
on ne čita knjige i obrijao je glavu i
pije pivo ujutru i govori gluposti ali su mu ruke
tako divne i svaku loptu ubaci u koš i ne znam
da li mi se podsmeva
stalno se držimo za ruke ali on govori
kome se sve sviđam
i viđa jednu iz srednje škole
ona ima duge noge ne vredi što znam da ide
u mašinski obrazovni centar kad odlazim da prošetam
za vreme velikog odmora
a on nije bio na časovima
u zapljuvanom prolazu između zgrada oni sede
on je na kamenom zidiću i ona je pored digla nogu
u uskim frula pantalonama i on gleda kao pas
kao pas potuljeno i žudno i opasno
o kako ja sve mrzim mene su tu ostavili
ja nisam kao vi ja ne znam kako sam došla u taj
ružni stan što smrdi ja volim konje i hrtove
i pišem u stihu i nosim stvari koje ne želim
koje su imale starije sestre one sa guzicama
lenje krave što stalno pričaju o onome
cveće više ne znam ni drveće nebo ne vidim ni bunar
moji su dani kratki i sumorni

da li me je neko primetio
jesam li na listi najlepših u školi
čuje li mi neko krčanje u stomaku
smrdi li mi iz usta i pazuha
ja živim u argentini u staroj kolonijalnoj kući
imam freske i tapiserije po zidovima
doge me lenjo prate kroz velike sobe
u zatvorenom dvorištu pod kolonadama je kamenje
kroz koje raste trava
imam četvoro dece i ta moja deca umeju praćkom
da pogode sve što se mrda
imaju jake kose i obrve i puna usta i velike oči
stalno pevaju i sve su dečaci
na prozorima su vitraži i dok ih zamišljam oni se magle
i ja vidim njegove ruke i dugačke mrke noge i
debeo vrat i zovem ga o kako ga zovem da dođe
čujem ih noću u školskom dvorištu
kako ciče i urlaju dok ja sedim pored prozora i čitam
besmrtnu literaturu
i dalje me uzima za ruke i čeka ispred muzičke škole
ali nešto je između mene i njega
nešto mi je ušlo u usta što kaže pogrešne stvari
ono što želim neću imati nikad
nešto me je uzelo
ispred zgrade su mladići sa hladnim očima
pored njih treba proći uspravno i ne klecati
mama kaže ne izazivaj ko izaziva sam je kriv
i da li sam najlepša devojčica ne ima onih nekoliko
koje su zaista vrlo lepe i to mi nije dostižno
to me boli nasmrt
treba biti poseban
beli buljavi artur rembo me zove i pruža ruku

čekam da se ukaže prilika samo čekam i dočekaću
da probam sve od života makar bio kratak
da upalim sveću na oba kraja
ćopavi bajron je ispod jastuka
blejk kliče sa zidova šeli šapuće u tami
ulica je tako prosta
opasna deca ne sastavljaju lako rečenice
ja čitam lotreamona
ja sam obećana devica sa crnom trakom oko vrata
upisujem gimnaziju gde nikog ne poznajem i
niko mene ne poznaje
tu su bolje obučene devojčice iz centra grada koje već
znaju sva mesta
a ja se pravim da znam i onda stvarno
upoznajem ta mesta
i najgora sam od svih u školi konačno sam prva na listi
mama pušim a pre nego što zapalim oližem cigaretu
kao što ti radiš mama
vidiš da sam nešto naučila isto sklanjam kosu iza ušiju i
mašem rukama
ti si pričala kako si bila najlepša eto ja nisam mama
ti si pričala da si skakala sa mosta u reku i najbolje plivala
ja sam skočila još dalje mame gledaj me dušo moja
kad si me vodila na karate ti si otišla u prvi red
da radiš najbolje
a ja u poslednji da ne radim ništa nego da budem
negde drugde mama
negde gde nema tebe
ja sam prva koja duva marihuanu i hašiš mama
ja sam prva koja pije tablete sa votkom i pivom
i vekiju i štok ja sam prva što izlazi sa starijim mladićima
šta te briga što menjam gaćice dva puta dnevno

menjaju mi se gaćice šta mi se zagledaš u gaćice
džukelo čujem kažeš mi dušo moja
ja ne mogu da te gledam i neću
da ti vadim dlaku sa leđa
idi pa se okupaj mama mrzim
da ti tražim dlaku ispod plećke
tvog ispranog brushaltera zašto si vezala tu
divnu kosu cvetnom maramom od
moje haljinice zašto ideš zarozana zašto vičeš ženo
mama zašto si stalno kod kuće mama ništa ti ne vredi
ja se već uveliko jebem mama
zveckaju lanci kroz žitko blato zapinju za korenje
crni pas nije veći od mene
sela sam na crnog psa
heroin je divan mama kad bi samo znala kako
lak korak daje
uopšte ne gazim na petu i mazno telo
nisam krava mama i ne lupetaram bila bi ponosna
kako sam dama mama
muzika mi dolazi duboko unutra me uzima
svi pevaju o meni za mene i jedan od njih će da dođe i
da mi pruži ruku i da me odvede i spase
bolje da budem neko ili da umrem mislim dok se
penjem na četvrti sprat svakog dana i nosim starijima
kese sa obe ruke i govorim dobar dan umri babo i
hoću mama poješću supu ja te mrzim i ne pušim lažu
samo čekajte crvi ja sam za veliki svet
ja nemam džeparac kad ti nešto treba ti traži
kažu oni imaš kod kuće da jedeš kuvano
kad ti nešto treba ti traži kažu oni
muzika mi sklanja medveda sa grudi i pčele iz očiju i
zemlju iz usta

ja padam na kolena pred njom i
nema nazad anđeli pružaju ruke
dok ne počne da lupa o radijator ona sa drugog sprata
jer mora da uspava dete
gledajte ona je u londonu i ima crni frak ili kimono i
traku oko vrata
niko ne zna kako se ta zove svi žele da ih pogleda la la
u pravom londonu tog leta italijani idu iza mene i šapuću
bela bela
jedan čudni čovek zove mene i drugaricu da budemo
modeli za frizuru u pravom londonu
počinje rat i svi naši ljudi sede i
gledaju vesti a ja kažem mama sada kad je počeo rat
mogu li ja da ostanem u londonu i budem
model za frizure
šta ti pada na pamet kaže ona govedo glupo
sada stalno pišem i ne volim nikog
ne umem da učim teško mi je i nisam dobar đak
nema nazad
ja samo hoću u grad da igram celu noć
dok tamo negde blizu daleko pucaju ginu grabe
decu na prsa i beže
ja hoću da se obučem u crno stavim traku oko vrata i
idem u grad
i tamo na onom mestu da mi puste pesmu koju znam
pa da me svi vide
tata je na putu često ja mamu prevarim pa izađem a
kada on dođe
on me vređa i viče i ja mu kažem skočiću kroz prozor
on meni kaže
skoči
o skočila sam ja odavno tata samo ti to ne znaš

i skočiću još i dalje sve do kraja i preko kraja
ti si tata čoveče rekao meni kad sam imala goli stomak
jel hoćeš da budeš recka?
jel to hoćeš?
ne da nisam recka nego me svi redari znaju tata
kad odem na to mesto
a taj moj dečko pevač u bendu tata ispod dušeka
ima orahe pa posle jebanja svaki put gleda
da li je skrco orahe i ne samo što gleda već svima
pokaže tata
pa nije to šala orasi su tvrdi tata

na more me ne puštaju da idem moram na selo
vinograd se širi mora svi da rade
neko mora da gleda bebu od sestre a ja ga mrzim
stavljam ga na krevet i on sedi mirno dok
sam ja na moru nema više belih kuća samo ja imam
dobar kostim i svi se pale na mene i ja igram celu noć
i onda pristane jedan brod
ne brod nego jahta
ne nego jedrenjak
i tu je jedan mladi francuz od prošle godine
preplanuo i pokvarenog i hladnog pogleda što me je pozvao
na ostrvu a ja sam isto čuvala ovu posranu bebu
on ima brata u stvari druga
drug ima zelene oči i dugu kosu ja s njim idem sa
kamena na kamen
imam crni bikini i lančić oko gležnja onda ja skinem
kostim i skočim u bezdanu vodu beba sestrić
pruža ruke prema meni
i pada glavom na kameni pod
tata i mama me sad puštaju imam ozbiljnog

dečka starijeg
on je tako ljubazan sa njima i ima kosu do dupeta
crnu gustu
pa mu pletem pletenicu kad se pukne i opet
nije to ono
jednom dolazi kod mene da prespava
roditelji odlaze na sahranu da se druže
mi kuvamo čaj od maka i nema nikog
sama sam na spratu
tu je samo slaboumna uredna ženica što je
čitav život provela sa majkom koja je bila
kapo u logoru ona mi
zvoni na vrata i kaže nije mi dobro
ja odlazim kod nje i dok stignem da zovem
hitnu pomoć ona mi umre na rukama hitro i lako
kao da je ptičica zalepršala
dolaze komšije sa svih spratova
kažu treba zvati policiju ona nije imala nikoga
a meni se sve divno vrti
dok dečko sipa u klozetsku šolju čaj
i sve što je imao po džepovima
život je preko mere uzbudljiv
mladi policajac mi se udvara a nečija
duša je zalepršala ja je čak vidim
u uglu sobe u senci lampe na goblenu
lede i labuda vidim dušicu kako leti radosno
preko zgrada prema reci
i opet
nije to ono a možda i jeste
gde je ono

kad je deda mamin tata umro bilo je jako lepo
dvorište je bilo puno ljudi koji su došli
da ga isprate kako treba
sve smo devojke sestre od ujaka i tetaka i ja
imale napete isprane crne bluze i crne suknje
preko krupnih kolena
crne uske cipelice sa oguljenim štiklama
deda je bio u najvećoj sobi
tamo gde smo spavale na dušecima
bio je na stolu u sanduku
i dalje naočit tako žut i mrtav
i svi su išli da mu se jave
i da se slikaju pored kovčega
njegove tri ćerke i sin
naši roditelji bili su baš ponosni što je deda i dalje
naočit tako mrtav
mi smo se naduvali i napili
devojke i momci krvlju vezani
pod lozom i smokvinim lišćem sedeli su čisti doterani
rođaci i komšije i prijatelji
došli sa svih strana
svečani i srećni što se vide
prva je devojka stupala prava kao strela
niska i kočoperna sa punđom
okruglih sapetih malih grudi
i nosila poslužavnik sa cigaretama
desetak paklica različitih i svaka je
morala da bude otvorena i dve-tri cigarete
izvučene u čulnoj i mirisnoj dobrodošlici
druga je stupala tanka visoka nežna
sa ciktavim krtim čašama punim hladne vode
divne su joj mlade grudi drhtale pod

tankim vratom
treća je stupala mesnata zelenih očiju
guste vrane kose sa niskim čelom
i velikim usnama
a na poslužavniku se crveneo i žuteo mirisni
domaći sok
ja sam vrckavo nosila poslužavnik sa skuvanom
kafom u malim šoljicama svaka je bila pošećerena
posle ću proći sa gorkim kafama
a najmlađa i najlepša sa divljom grguravom kosom
maslinasta dugih nogu ždrebica nosila je
poslužavnik sa rakijom u malim čašama
najlepšim u kući izvađenim za tu priliku
opranim i obrisanim
i prolazile smo dvorištem pa nazad u kuću
da dopunimo poslužavnike
poneko je tražio hladno pivo
prijalo je kada debelu bocu priljubiš
uz tanku bluzu i bradavice dok ideš tamnim
na tamjan mirisnim hodnikom
na široke betonske stepenice izađeš
na žegu i potmuli bruj ljudi i žena
a deda leži u velikoj sobi
i ne može da ustane
u kuhinji smo se kikotale i pile rakiju i pivo
a iza kuće smo skidale štikle
prstima i petama prianjale za topli beton
nema ništa lepše dok nam je u nos ulazio
miris patlidžana i lubenica iz bašte a smokve su
padale poneka uz meki uboj na suvu zemlju
tu kod tih smokava iza kuće deda je znao
svaku od nas da uhvati za sise i pičku

najmlađa je pitala jednog starca
hoćete još jednu rakiju a on je njoj rekao
brojiš li mi ti
i mi smo potrčale belim nogama do prve slobodne sobe
i smejale se i smejale a onda je ušla najmlađa tetka
i rekla deda vam je umro bednice
a vi se smejete

deda je bio siroče
sa strinom je opštio od trinaeste godine
deda je bio četnik nekad je
vriskao u snu kad bi se setio šta je radio
zaklao je muškarce sa druge strane brda na izvoru
čim je imao zgodnu priliku
muškarci su išli tada po vodu
da se ne bi žene i devojke jebale
prisilno ili voljno
onda je prešao u partizane
baba je bila ružna i starija od njega
baba je imala gaće u koje smo mogli
da stanemo nas dvoje
moj brat od ujaka i ja
skakali smo u tim gaćama a onda bismo pali
bio je žilav i tanan taj moj mali brat
dok smo ležali tako u babinim gaćama
zagrljeni pomešani smejući se uzbuđeni
pod lozom bez vazduha
dok su svi u kući ćutali i dahtali
pod vrućinom
u kotlini u tajnama strašnim

a mi smo u naše vreme išli po vodu na izvor
svako dete nosilo je po bidon
svi smo bili isto ošišani
bili smo banda krvlju vezana
u baraci ispod ploče
gde je godinama stajao temelj za kuću
sa koga smo skakali i katapultirali se
drali laktove i kolena
a izvor je smrdeo na sumpor
doneli bismo vodu a naše majke
osnažene jutarnjom rakijom već bi
započinjale treću svađu
za doručkom
svađe su uglavnom bile
koju više voli brat
i koja više mrzi
bratovu ženu

završila sam gimnaziju
i sada studiram i toliko je
divno leto i rat je blizu i daleko
a ja sam mlada i lepa
plivala na bazenu
pa išla u saunu
pa sam ronila i dugo dugo bila pod vodom
kao mala glatka ribica
pa sam se tuširala hladnom vodom
bazen je bio hladan i čist
kupatila i klozeti nisu imali kvake
svaka treća pločica bila je odvaljena
a u sportskom centru bio je restoran
zagušen dimom cigareta

pa sam sa sestrom pila kafu i pušila
moja je sestra volela saunu
rešena da smrša posle druge bebe
tamnooke devojčice sa kosim očima
moja je sestra volela minjon kolače
lepe stvari i đinđuve
moja mi je sestra poklonila karmin
pa sam namazala kao krv crveni karmin
pa sam se spustila velikom ulicom
s nadom da ću uspeti da navedem
jednog lepog druga da uđe u mene glatku
ostavila sam dečka i
nude se prilike i mogućnosti
koliko ima stazica puteva
skrivenih cvećem i đubretom posutih
zgrade zjape otvorenim prozorima
spuštenim polomljenim roletnama
leti prašina kao čarobni prah
mama je polila hodnik ispred ulaznih vrata
sela na hoklicu i stavila noge u lavor u vodu
i hladi se pokidanom lepezom
pije kafu sa komšinicom sve su otvorile
vrata i terase i napravile promaju
čuju se ventilatori u koje se
često uplete neka muva
čaršavi mirisni lepeću na terasama
žene drže mokre peškire na glavama
a u svim tim stanovima joj blago meni
bezbrojni mladići leže otkriveni
glatkih prsa divnih jabučica
ljuti leže po vrućini sa
prljavim tabanima

koga ću kako ću mogu koga hoću
imala sam špicaste crne cipele
bele pantalone i crni prsluk
na golo telo
a grudi su mi stajale visoko
pod trolama i suncem
i srce mi je lupalo
i hodala sam velikom ulicom posle bazena
mirisna i glatka
a televizori upaljeni u zatamnjenim stanovima
svi gledaju blatnjav put izrovan
debelim traktorskim gumama
kolone ljudi dece i žena
ostali bez kuće deca uplakana
žene kvrgavim rukama umaramljene brišu oči
tela leže po šumama i gorama
a kod druga na klimavom stolu je stajalo oružje
rizle flaše i čaše pašteta i hleb iz koga je
neko pokidao belu sredinu
drug nije izašao u susret mojim željama
a ja nisam počela prva nisam tako vaspitana mada
bio je uzbuđen mojim izgledom i mirisom
i špicastim cipelama
ispred seoske kuće gde mi je tata rođen
bila je oštra metalna prečka gde su svi brisali blato
tu sam morala da pazim da se ne posečem
sada sam izula špicaste cipele i podigla noge
na kauč pored je neki čovek malo zaspao
dodirnuo mi stopalo i rekao bebo nasmej se
došao je jedan lepi ljigavi mladić
i on mi se divio
a drug je otišao u klozet da se pukne

i onda me je držao za ruku
odjednom noć je pala
neki opasan svet je napunio taj stan
sa svojim opasnim psima i kuvali su večeru
pa sam jela sa njima i posle sam
otišla kući
nije bilo šta drugo da se radi
ostavila sam dečka
sela sam pored mame i gledala televizor
sedele smo i pušile
a droga me je napustila
mama je namestila krevet u dnevnoj sobi i legla
ja sam gledala kroz prozor
svet je bio prisan smrdljiv i jadan
špicaste cipele stajale su zajedno sa ostalima
sa njihovim ružnim cipelama i sa malim cipelama
moje bebe sestričine koja je spavala u mom krevetu te noći
ja sam joj pomirisala glavicu pipnula uvence
i kazala sebi kakve veze ima
ja odlazim odavde
nikad nisam otišla
prevarila sam se

tromo se vuklo popodne jesenje potuljeno
užareno još kad su došla njih dvojica
ispred mog prozora
u uniformama sa crvenim beretkama da viču moje ime
mama je istresla mrvice sa stola sa terase
oni su se sakrili iza automobila deca su se
okupila da ih gledaju ja sam izašla u
japanskom kimonu na terasu
oni su zavijali kao vukovi

ja sam se oprala do pasa
navukla crvene pantalone i belu majicu i crne čizme
sišla dole a on je rekao u kako dobro mirišeš
dodavali su se rakijom
i nisu mirisali na meni poznate stvari
nešto je metalno izbijalo iz njih
i slatko pored poznatog muškog znoja doskoro
dečačkog koji sam znala jer sam stajala
doskoro pored njega u vrsti za fizičko u školi
kao jedna od najviših devojčica i onda je
on još mnogo porastao a ja sam ostala ista
rekla sam hajdemo u školsko dvorište
htela sam da me svi vide sa njima
ja koja sam se već upisala
na prestižni umetnički fakultet i njih dvojica
u paravojnim uniformama
rekla sam mu baci trojku i on je
uzeo loptu dečacima i bacio je trojku
i zagrlio me i opet je rekao kako lepo
mirišeš na čisto kako si lepa
taj dečko što ga je majka
pratila u školu što je dolazila da vidi
da li je našao drugare na školskom odmoru
mnogo su se mučili dok nije
zatrudnela sa njim kasno su ga dobili
i tada
nekoliko dana nakon što su
došli u uniformama da zavijaju ispred mog prozora
ja sam dobila prvu ličnu kartu jer sam konačno
postala punoletna moja je sestra imala
zadatak da me povede na slikanje
kao što je brat imao zadatak da mi izvadi povlasticu

za vožnju autobusom sada sam student
i biću trudna godinu dana posle izvađene
prve lične karte
u međuvremenu studiram na prestižnom fakultetu
uverena da sam najbolja od svih
profesora i studenata
uplašena od reči i pojmova koje ne razumem
uverena da mi to ne treba uopšte
nevoljna da bilo šta naučim
veoma uporna u opijanju i drogiranju
voljena i tražena od strane starijih kolega
bila sam ponosna što sam ološ sa novog beograda
i dan-danas sam ponosna

kako divnu sobu imam sad
u širem centru grada u starom kraju
samo je sramota što sam ja u njoj
imam i fotelju u toj sobi i stolicu
samo je sramota što ja sedim
imam i konjak i kafu na velikom stolu
samo je sramota što ga ja pijem
ja sam đubre kurva izdajica i pogan
ja sam kukavica i izrod
izdala sam prvo oca i majku i sestru
i brata i razne drugarice te bednice
i sve one što su mi rovarili po bedrima
bedne i moćne sve njih jer
kad god su bili tu ja sam bila drugde
samo decu nisam izdala mada o tome mislim
svakog dana samo da izađem na vrata
i krenem da hodam pa kud stignem
a pogan sam iz duge loze pogani

ja sam kokoš
zla kokoš što kljuca brabonjke
dokona kokoš što trebi leš na putu
a hoću sirota sokolica da budem
visoko da letim i daleko gledam
eto kako divne slike imam
samo je sramota što ih ja gledam
moram da zovem neke ljude
bolje od mene da sede tu
imam i poslužavnik sa ogledalom
samo je sramota što su moje naočare tu
a ne od neke prave žene
imam golem sto od punog drveta
kad sam se udala trudna
sa devetnaest godina na svadbi sam
od teče što je radio u nemačkoj
dobila najviše para pa sam naručila da mi
naprave taj sto i čovek je napravio
taj sto ima skoro trideset godina
koliko i moj stariji sin
sto je od punog drveta bukovina
sve je na njemu od punog drveta
taj sto je ogroman
samo je sramota što neko ozbiljan
ne piše na njemu imam i gramofon
samo je sramota što već skoro trideset godina
nisam kupila ploču
neki ljudi su mi poklonili nekoliko ploča
neki ljudi koje ne zovem možda umru
a ja ih nisam zvala
kako divnu sobu imam sad
imam i divan pogled gradski velegradski

mama hoćeš li da dođeš kod mene
ona neće
ona samo hoće da jede i da joj bude toplo
ona nema više pameti niti može da se kreće
tužna je i ljuta hoće svi da dođemo i sedimo
pored nje i gledamo kvizove i slagalice sada je
tata u bolnici a ona kaže šta će biti od mene
on sigurno misli na mene tamo u bolnici
ljubav moja
plakala je rekla mi je sine
meni je najlepše kod tebe
ali meni nije mama i šta ćemo sad
bila si kod mene brojala sam dane
da odeš na drugo mesto mama
brojala sam dane i držala te za ruku
sada je red da budeš kod svog sina
nemoj da se stidiš kupaće te njegova žena
imaš i tamo televizor i daju ti da jedeš
a ja ću da gledam u tvoju sliku lepotice
kad si mi bila mama
vidi me na slici bebu imam dve godine
čemu se smejem vidi nešto me ujelo ispod oka
čemu se smejem sa dva razmaknuta golema zuba
smeju mi se i usta i oči i nos i uši
trčim li prema mamici
pa me gnjave i ljube
okolo trava i strnjika retko žbunje
u daljini nazire se naselje na golom polju
na klupi iza mene nasmejane sedi žena sa
natapiranom frizurom
drži ćelavu kratkovratu bebu koja ne zna da hoda
jesmo li mi znali tu bebu

da li je žena išla u krevet sa tom frizurom
moja mama nije imala frizuru
imala je gustu vranu kosu koju je terala iza lepih ušiju
moja lepa mama
moja mama ima na jednom mestu lomljen nos
imam i kožni trosed sam kupila
samo je sramota što prava neka porodica
ne sedi na njemu
kad je moja lutka debela moja mama došla
stavila sam na kožni trosed ponjavu
da ga ne upiški
moja sestra kaže ovde na ovom trosedu
sedmoro ljudi može da sedne i gleda televizor
taj prizor me je rastužio
sedmoro ljudi sedi i gleda televizor
šta gledaju i zašto gledaju
neke strašne vesti
hoće li posle jesti
sada može da se kupi bilo šta
iz bilo kog dela sveta
samo odeš i kupiš
ako imaš para
bio je divan mesec maj
hoće li da se vrati
davno je prošao mesec maj
i neće da se vrati

a spadalo usud je sledećeg leta
došao prerušen u krezavog mladića
posle premijere u pozorištu gde smo svi
stajali i čekali besplatno piće
i onda sam ga ugledala kako skida crvenu rolku

preko svoje male lepe žitokose glave
sa velikim plavim očima i crvenim usnama
dugačkim tankim vratom vretenasti
beli lepi mladić sa širokim ramenima
i dugačkim prstima
stalno namršten a kad se nasmeje
kao da sto klikera zazveče i
zakotrljaju se mladić što se trlja po glavi
i više leži nego što sedi mladić
što je pao godinu na umetničkom fakultetu
što mu je devojka otišla u ludnicu
što mu je majka svako jutro išla po svežu kiflu
tako prazan i tako pun
lep kao slika i lenj i umiljat
pa smo bili male mutne zvezde
klubova i parkova jedna bela i jedna tamna ruka
i moglo je da se završi ali avaj
pošao je za mnom na more i pala je strašna
mlada ljubav kao grad na jaganjce
nikad do kraja ne možeš imati
to telo osim da ga pojedeš
nikad do kraja tu lepotu osim
da iskopaš oči i nikad da budeš sam
nemaš stan ni sobu da legneš
o kako mi mrzimo roditelje i koliko
smo bolji od njih o kako
mi mrzimo profesore i koliko
smo bolji od njih
i jedan dan zbog bola
jer to boli da umreš
ja kažem
svrši unutra nema šta drugo

u ovom slučaju da se radi
i deca su napravila dete
i otišla da žive kod roditelja
a strašna mlada ljubav
pala kao grad na jaganjce
prošla je brzo
sa trudnoćom prošla brzo sa dojenjem
prošla brzo
razvukla mi grudi i stomak i prošla brzo
došao nam je sin koji nije kao drugi ljudi
nismo napravili čoveka
to nas je ubilo oboje
mi smo
ljušture neke klimoglavci
automati
džuboks što pušta svaku petu pesmu
i šta bi bilo da se tamo vratim
gde je počelo
gledam i vidim
sada tek vidim ga onaj dan
baš ono leto onaj sat
u beloj kamenoj kući
da mi je opet u taj dan
baš ono leto onaj sat
kad je pošao gde i ja
kad je rekao to je to
i obraz mu je bio slan
i jezik mu je bio plam
i što nas nije pogodio grom
u taj čas na krevetu tom
na krevetu sa golim dušekom
u beloj kući pored mora

na zemlji usred strašnog rata
da mi je da mu kažem tad
život nam je gotov sad
baš ovo leto u ovaj dan
u ovaj sat taj strašni sat
lepi taj mladić zlatnodlak
kad je živo čudo sišlo
da zatre i otruje nas
da čuda sanjaš i nemaš spas
đavo me bio načeo tad
dete posadio u stomaku mom
to dete moj je krst i bol
a sve je počelo u krevetu tom
krevetu sa golim dušekom
da mi je da se vratim sad
u ono leto onaj dan
da kažem beži ne okreći se
beži od mene dok još si mlad
od mene imaćeš težak jad

nosim dete u stomaku teško
odlazim ranije u bolnicu
tako su me nagovorili
ne znam šta će biti ne znam šta sam uradila
rađa se sledeći život i tako se
završava moj
u porodilištu smo pušile u klozetu
stisnute sa krvavim ulošcima između nogu
često bi žene zaćutale kada bih prišla
od mene su krili ocenu što je dobio moj sin
po rođenju
a ja nisam ni znala šta je to niti sam pitala

kad je mladi otac dolazio ispod prozora
ja sam se prala ispod miške
prala kosu na česmi
mazala crveni karmin
dizala sina visoko
da ga mladi otac vidi
a to se nije smelo mogao je skliznuti
iz mojih mladih ruku
on je stajao dole visok pored polomljene klupe
u prugastim pantalonama
nasmejan ko budala pijan i naduvan i vikao
ljubavi
donosili su mi hranu ja sam rekla
nemojte kuvanu hranu
ovde je strašno prljavo
dajte voće i sendviče
i majka mladog oca mi je poslala srce lubenice
ja sam to srce stavila u fioku
nisam stigla da ga pojedem pa se pokvarilo
a ja nikom nisam ponudila
i ta jedna što je ležala pored mene
posle me je danima gnjavila
šta god dobije ona mi je
nudila da me ponizi
zato što ja nisam nudila lubenicu
a ja sam toliko volela lubenicu
zato je nisam ni pojela
ona je imala šesnaest godina
ja sam imala dvadeset
nju je jedna fina žena pitala šta radi
ona je rekla
radim u pekari ne radim sigurno ko prodavačica ljubavi

kokoško eto to je rekla i bila je tvrda ta mala
bila je tvrda i zla i plava
takva je bila

na izlasku iz porodilišta
pijani svekar dovodi taksi mercedes
jer mu se rodio unuk
a ja nosim tuđu suknju na tufne
i broj veće nanule u kojima jedva hodam
jer se nisu setili da donesu moje stvari
moja sestra čeka ispred porodilišta
tu suknju i te broj veće nanule je ona
donela prosto je zgrabila prvo što je našla
dok je išla kroz svoj tamni hodnik salon
što je gledao na svetle sobe sa klavirom
igračkama i japanskim lutkama
i stavila u plastičnu kesu
te broj veće nanule u kojima se plašim da hodam
i suknju na tufne koja mi spada
i belu bluzu sa čipkom ja ću imati
na fotografiji ceo život
ona stoji s aparatom i hoće da slika
nas mlade roditelje
mene prestravljenu i njega naduvanog
sa korpom između nas
a u korpi je moj sin prvenac
i njegov mladi otac ispušta ručku korpe
da bi zapalio cigaretu
a moj sin se zakotrlja iz korpice
i tada sam počela da plačem
i plakala sam sve vreme u taksi mercedesu
pogledali su ga i rekli nije se udario

idite kući majko
sve je u redu
i kažem ti si moj sine ti si moj
ja ću da te izvučem
ja ću da te dojim do sablje dok porasteš
pričali su da je moj deda tatin tata
dojen do sedme godine
u dvorištu je čekao majku da dođe sa polja
sa hoklicom u rukama
on stane pred majku sedne je na hoklicu
i uzme sisu
bićeš sine jak bićeš sine zdrav i prav
ja ću da ti pevam ti si moja igračka
ti si moj junak ti si najlepša beba
ti si moj sin
zoveš se ognjen koliko je to moćno ime
a kad porasteš ja ću i dalje biti mlada
pa ćemo nas dvoje da živimo i da uživamo
a jednog dana daćeš mi unuke
i ja ću da šetam sa njima pa će da mi kažu
kako, zar ste vi baka
kako mlada baka svaka čast

jednom sam plakala za igračkom jedan jedini put
nisu se naljutili samo su se začudili
bila sam skromno dete sve sam stvari nasledila
ništa se nije kupovalo za tom sam lutkom plakala
bila je velika imala je belu venčanicu i veo
i dugu crnu kosu i duge trepavice
stajala je u trafici nisu mi je kupili
i jednog jutra otvorila sam oči
i videla pored kreveta pravu barbiku plavu

sa plavim očima u venčanici sa belim velom
i ogrlicom i grivnom i prstenom
moj otac je doneo zanosnu sa zapada
zatvorila sam oči mislila sam da sanjam
kad sam otvorila oči ona je i dalje bila tu
a tata je virio iz hodnika i mama iza njega
da vide kako sam srećna
ja sam zanemela i
danima nisam smela da je izvadim iz kutije i dodirnem
toliko je bila lepa
to je bila prva barbika u mojoj ulici
i ja sam je ponela napolje
a jedna zla devojčica
kopile jedno
jedna ružna krava što joj je otac bio u zatvoru
a mama radila u taksi službi i pila tablete
ona je rekla daj mi samo malo da je držim
i onda je potrčala
u svoju zgradu pa u lift sa ostalim devojčicama
i lift se penjao i penjao
one su me stisnule u liftu
rekle su ti si jedna kurvica pička
što nećeš da deliš barbiku
potrčale su na krov
najviša zgrada je to bila u mom životu
i ja sam bila prvi put na krovu
i ja sam videla moju terasu i mamu
i probala sam da ne plačem
mama je rekla nemoj guja da te ujede
da si plakala pred drugom decom kod kuće plači
a kad udaraš udaraj u vrat i kolena
ništa ne znaš

i ta devojčica je stavila barbiku preko ograde
i držala je za nogu
rekla je prljava je mora da je kupamo
uzele su nežnu moju mladu plavooku
anglosaksonsku lutku sa blistavim i praznim osmehom
i okupale je u krnjem lavoru onda su otišle da se
igraju nešto drugo
a ja sam sišla polako stepenicama
drhtale su mi stubaste nogice
na svakom spratu sam se dizala na prste da
upalim svetlo
stizao me je mrak i čula sam počele su vesti
u svim stanovima
glasove i zveckanje noževa kašika i viljušaka
i tako sve do dole
na trećem spratu bila je žena skoro bez nosa
koja je po priči otvarala vrata gola
i pritom držala nož u ruci
ispred zgrade je bio neugledan gusti žbun
gde je jedna mlađa devojčica pokazivala picu
ko želi da vidi
imala je lepog crnookog oca proletera
koji nas je sve gledao nedeljom kad popije
nedokučivim pogledom dok sedi na hoklici
ispred suterenskog stana
bio je podvig da se zvoni na vrata
ženi bez nosa sa ućebanom kosom
više puta sam zvonila i nikad je nisam videla
da otvori vrata
često sam sanjala kako
otvara vrata gola sa nožem u rukama
nož je uvek bio tanak sa oštrim sečivom

malo zakrivljenim
sada sam prošla pored tih vrata
sa svojom tužnom lutkom
tada sam počela da se igram samo sa dečacima oni su
sekli i prodavali ruže
krali sladolede i peli se na drveće
lupali po trafikama da sve padne i onda bežali
ubacivali đubre ljudima kroz otvorene prozore
zvonili na vrata i psovali
bežali i čučali u retkom žbunju
igrali se rata
a u retkom žbunju je mlađa devojčica svima osim meni
pokazivala picu

tata kaže ljudi su tada
na prizemlju u zgradama držali otvorene prozore
i ja i jedan moj drug kaže on
imali smo petnaest godina odlučimo da poplašimo
slobodana jednog bio je velika kukavica
ja sam kaže tata bio spretan i okretan
i ja sam se popeo u sobu
a moj drug koji je išao sa mnom bio je krupan
i on se zaglavio
i samo što sam ušao u sobu i seo na krevet
s namerom da stavim ruke slobodanu na vrat
i malo ga poplašim
kad iz jednog kreveta iskoči jedna devojka
iz kreveta drugog druga devojka
i počeše da vrište
ja skočim kroz prozor
i jedva izvučem mog druga koji se zaglavio
sakrijemo se i imamo šta da vidimo

okupio se komšiluk i nije dugo prošlo došla i policija
sutradan odemo kod gazdarice teta mice
gde je taj naš drug živeo
i vidimo da je kod nje došla ćerka sa drugaricom
pa je naš drug slobodan spavao u kuhinji
a devojke u njegovoj sobi
i saznali smo da su ih napali bradati razbojnici
i da su držali noževe
godinama smo govorili slobodanu
da mora da pogleda svaki put ispod kreveta
da vidi da li se neko sakrio sa nožem
slobodan je gledao ispod kreveta
i mnogo se plašio

imam svoju bebu ognjena
i živim u visokoj zgradi sa mladim ocem
i njegovim roditeljima
usamljena sam u toj visokoj zgradi pa sam se
združila s mlađom devojkom što radi na pumpi
njoj je muž isterao slepu sestru
i ne da joj da viđa dete
slepica je beloputa i lepa sa zelenim pokvarenim
očima tako sitna sa velikim ustima i stalno priča
kako divno kuva i šta sve kuva
i šta joj je sve rekao i uradio muž
dala sam im dve knjige da čitaju i kada sam
tražila da mi vrate sestre su se naljutile
mislile su da sam im poklonila
vratile su mi i rekle su nećemo više ništa
da imamo s tobom
i jednoga dana odlazim sa lepim mladim mužem
da se malo prošetamo po gradu bez bebe

i on potrči za autobusom i
ja za njim ali ja ne mogu
ugojila sam se i troma sam
i saplićem se padam na kolena i krvarim
a on mi daje ruku i pogleda me drugačije
prvi put
i tog dana počela sam da ga mrzim

i jednog dana stiže mi glas
da onaj što je stajao pored mene u vrsti za fizičko
onaj što me zvao ispred zgrade
i čekao ispred muzičke škole
i pratio posle škole i držao me za ruku
i krao beli mercedes da me vozi u gimnaziju
i ubijao trčao bacao bombe
stiže mi glas da se obesio o kvaku
a ja perem kosu i mažem karmin
i jedva oblačim crvene pantalone
i čistim crne špicaste cipele
mislim se sad kad me svi vide na sahrani
hoće li videti da sam propala
ja koja sam mislila da sam od svih bolja
i da sam pala godinu na fakultetu
i da mi beba nije kao druge bebe
i da me je lepi mladi muž
pogledao ko kravu što sam pala
kad sam trčala za autobusom i
stavljam svoje mačkaste naočare ne bih li
izgledala što bolje na sahrani
ta sahrana je nešto što ću prepričavati
to je deo moje zanimljivosti moje
prigradske kulture ja sam

jedna zanimljiva mamica kod koje
i dalje dolaze ljudi sa umetničkog fakulteta
da duvaju dobru travu koju smo kupili od
para sa svadbe
a tamo na sahrani meni prilazi majka
od toga što su ga stavili u zemlju
što je rekla mojoj mami
nemojte da ova vaša kurvica priđe mom detetu
i ja se setim kako ga je pratila do škole
na deset metara iza njega išla je da vidi
da li je našao društvo u novoj školi
a on se okretao i sevao na nju dobrim okicama
da ga pusti, da se skloni
a onda se smešljivo okretao oko sebe da vidi
kome da priđe ko će mu biti drug
tako visok tako lep
mamino željeno čudo što ga je teško dobila
na kvaki visi

moj mladi muž i beba ognjen i ja
idemo u stan koji su kupili moji roditelji
i ja se svake nedelje zaljubljujem
i mladi lepi muž isto tako i maštam kako će ognjen
da poraste i ja ću opet da budem lepa i mlada
i naći ću boljeg muža
mi smo divan par ja opet mogu da potrčim
i stalno dolaze kod nas u širem centru grada
lepa mamica i lepi tatica i lepa bebica
koja ne gleda nigde samo mlati
rukama i nogama i divna muzika
odlična marihuana i hašiš
šerpe se puše parket se blista

slike vise sa zidova
koliko je to jedna sposobna mamica
pa kako imaju divne ploče i knjige
pa završavaju fakultete
doduše pao je on godinu a pala je i ona
kakve zanimljive priče pričaju
a ona je na svadbi imala haljinu iznajmljenu
iz pozorišta belu sa čipkama
haljinu za kraljicu što je ubijena
i igrala je i penjala se po stolicama
a svi su vikali da siđe jer je trudna
a on se naduvao i izgubio u šumi pa su ga
tražili rođaci da se slika sa svatovima
to je bio običaj
i na toj svadbi svi su njeni ujaci plakali
svi njeni ujaci mrtvi sad
i dobili su para i para na toj svadbi
tada kad niko nije imao da jede
a oni jedu šta hoće i uvek imaju trave
dok sve ne potroše

počinjemo da idemo kod doktora
ognjen ne priča ognjen ništa ne razume
ognjen samo trči mora da smo nešto krivi
doktor kaže sve je kako treba mora da se
nauči red da se zna red da dobije po guzi
vi ste i sami deca
jedan dan gledam i dalje lepog mladog muža
kako je postao još jedno dete koje vučem
i kako leži na podu i čitav dan
telefonira reč je o nekoj kupovini
i prodaji marihuane ognjen trči i udara ga po glavi

igračkom i dobija batine ja trčim i udaram
mladog muža po glavi i
dobijam odbrambeni udarac od koga poletim i
konačno imam razlog da ga otvoreno zamrzim
i izlazim stalno besna i doterana dok on grca u sramu
nakon što sam kupila i skuvala hranu
od para mojih roditelja
sredila kuću i uspavala dete ja izlazim
jedne noći mi stariji mladić
o kome sam čula razne priče
tvrd i ćutljiv plavook sa strašnim obrvama
prilazi i sluša moje priče
plaća mi piće ne želi da igra
kaže mi hajde idemo kod mene a ja njemu
ja sam udata
a on meni javi se kad ne budeš udata
to je čovek sa kojim ću provesti život a to
tada ne znam to je samo jedna priča
koja mi se desila noću
na proleće izbacujem mladog muža
a njegova mi majka kaže nemoj
ja te ne volim a on te voli
nemoj to da radiš
i sada sam sama
i mislim život će biti pesma
sada će sve da se sredi

jure dani kao ludi
jure dani strašni
jure dani mladi
iskeženi smeli
pucaju kao baloni

kao led na proleće
oni jure jure jure
na usta im pena udarila
lije sa njih crni znoj
štipa radost sa nozdrva
oni lete lete lete
koliko ih ima još

juče sam bila ispred muzičke škole
kad je došao da me vidi a ugledao onu drugu
juče sam dizala sina u sobi porodilišta
da ga vidi mladi otac kroz prozor
beže dani od mene
jure ih vukovi
stanite dani pasite travu
kad sam bila mala
imala sam zlatan lančić
sa srcem i detelinom sa četiri lista
i nisam htela da ga skinem
spavala sam na donjem krevetu
moja sestra gore a brat na metar od nas
ugasili su svetlo
ja sam zurila u mrak i sisala priveske
zurila u mrak i priveske progutala
srce i detelinu sa četiri lista
odveli su me u hitnu pomoć
ispraznili me
a lančić mi nisu vratili
beže dani kao zečevi
jure ih veprovi
juče sam oblačila sestrinu haljinu
da ona ne vidi

sestra na slici sedi na kožnoj fotelji
u nekom domu kulture čeka našeg tada
mladog oca gleda tužno ubrzo će joj
porasti sve i za njom će trčati mladići
jedan će doći da je slika sa visokom punđom
i punim ustima
toga dana je morao i mene da slika
jer me je ona čuvala

mama na slici stoji u nošnji
koju nose mlade devojke na kosovu
ta slika je stajala godinama na šetalištu u peći
stajala je i kad se sa mladim mužem posvađala
i trudna otišla zimi kod roditelja
pa se na led saplela jer je bila na štiklama
i tako se rodila ta divna lepotica moja sestra
sa visokom punđom
a onda su mamini roditelji pokupili svoje pleme
i zauzeli jednu kuću u beogradu
tamo je deda dao mladom paru i bebi najveću
i najlepšu sobu samo je svojim rukama skinuo
drvena teška vrata i napravio staklena
da u svakom trenutku može da vidi šta radi
mladi tek venčani par

nisam se dobro slagala sa sestrom
jedno četrdeset godina
poslednji put kad se nismo slagale
propala mi je trudnoća
bila je devojčica sigurno
nije počelo da joj kuca srce
i moja je sestra odlučila za oporavak

da me vodi na more u novim kolima
koje je dobila od bivšeg ljubavnika
to je bilo prvi put da je sama vozila
tako daleko
rekla je spavaćemo usput ja ne mogu dugo da vozim
znam divno mesto tamo su mene i mog dragog
dočekali kao careve to je restoran
gde služe pečurke na sto načina i gde je
paradajz mirisan i svira ti orkestar
i tu su socijalistički spomenici i murali
u tom napuštenom odmaralištu i patke
i labudovi i sasvim pristojne sobe
vozile smo sa upaljenim grejanjem
jer smo mislile da je to klima
zli restoran nije radio
ljudi koji su je dočekali kad je
bila s njenim dragim nisu je dočekali sada su
tu bila dva sredovečna radnika
tetovirana i ulubljena životom
rečeno im je da obezbede dve sobe i hranu
dočekali su nas s parizerom i hlebom
kada su nas videli ocvale i oznojene
s velikim retardiranim momkom mojim sinom
pomislili su možda će da jebu
ja sam sela sa njima da pijem rakiju
i počela s pitanjima koliko su im plate
gde su im deca imaju li unuke
u sobi gde smo spavali moj sin i ja
bio je stršljen a iznad prozora spolja
čitavo brujavo gnezdo
izbacila sam stršljena i nisam spavala čitavu noć
i sutra smo otišli na to veliko more

a tamo je ona ustajala u pet da kupi voće
na posebnim mestima i voće
nije bilo dobro
i išle smo na izlete na kojima je gorela
pa je ječala noću
ili je plivala daleko pa sam je dozivala
jer nije dobar plivač
ili je bila tužna što sam tako sumorna
ili mi je pušila cigarete a samo pućka
ili je stalno donosila kolače pa smo se obe
ugojile po pet kila
otišle smo na drugo mesto
sa strašnim krivinama gde je svirala sirenom
svaki put kad skreće
i samo što nije vrištala
kad smo se vraćale bila je strašno srećna
morale smo da svratimo da kupimo med i
odvela me da pijemo vodu za plodnost
pa ja nisam htela da pijem namerno
a ona je popila
i onda je morala da vozi kroz neko mesto
da se hitno ispiša
i tako to
a sve to vreme je pokušavala
da me maže
masira
da mi daje vitamine
i da priča neke normalne stvari sa mnom

tata na slici drži belog zeca
debelog belog zeca što u stranu gleda
a on samo što ne zaplače

velike bele šake prikovale su
njegova mala ramena do glave je ošišan
ta glava će da ide svuda i da vidi svašta
tada
majka mu je išla da radi u vinograd
pa bi ga stavila na ćebe
on bi puzao i puzao
napunio bi pune šake zemlje
pa je zemlju jeo
pogled je imao kao june kao taj zec
kao pravo mladunče
sada
još uvek misli da je mlad i da ga
pravi uspeh tek čeka stalno nešto radi
sedi mladić
umiljat sa strancima
strog sa decom
koji nije mogao
dugo da izdrži na jednom mestu
njegov otac je bio u nemačkom zarobljeništvu
i ja tamo možda imam strica ili tetku
mada niko ne želi da priča o tome
to je zabranjeno postoji samo kao
priča o velikim osvajačkim mogućnostima
tog lepog plavookog pitomog potuljenog
seljaka koji je meni strašno smrdeo
jer mu je trulila noga i stalno je nosio
isti kožuh i zimi i leti
a nije umeo i hteo sa mnom da priča
zato što sam žensko dete
svi ostali bili su partizani
i braća od tetke moga oca

bili su veliki ljudi
on je hteo da crkne što nije bio u ratu
pa su mu dali pištolj posle rata da se igra
i onda je moj otac išao na fakultet sa pištoljem
i u kafanu sa pištoljem
jedan brat od tetke postao je čuveni pisac
drugi brat od tetke postao je čuveni policajac
treći brat od tetke napravio je čuvenog pesnika
muzičara kosookog smeđeg tihog čoveka
koji je rano umro bez dece
i bilo ih je još u ratu
jedan je bio učitelj i skinuli su ga sa bicikla
da bi ga streljali
jedna je živela puna metaka
doživela duboku starost
čuveni ratnici odoše u prestonicu
naseliše se u velike kuće i stanove
mali ratnici ostadoše na selu
naoružani i dalje
a na selu leti je moj otac sanjao o slavi i ratu
i pio sa njima u kafani
i jedno veče su tako pili kada je
jedan od njih izašao iz kafane
da se umije na česmi
za njim je izašao komšija i zaklao ga
došla je policija i svima oduzela oružje
da se ne bi svetili
a tata je bio jako tužan
što ne može više da se kurči
sa pištoljem po studentskom gradu

jednog jutra kad sam imala dvadeset šest godina
a moj sin šest i nije pričao niti slušao
niti se igrao samo je vrteo grančice i đubre
trčao kroz trsku krvavio noge vriskao i
ponavljao čitave rečenice nevezano
jeo sa tuđih stolova i pišao gde mu se sviđa
jednog ranog jutra pred mirnim morem
tek što je svanulo moj sin
nije bio u krevetu pored mene
nije bio u sobi u kupatilu nije bio
na terasi niti na travi ispred terase
nije bio iza ružičnjaka ispred ulaznih vrata
nije bio na pesku a more je bilo ogromno migoljivo
nemo i starije od svih nas i svih njih
na sve strane nije ga bilo
onda me pozvala mlada žena vikala je sa terase
ne brini o ne brini on je kod mene
moj sin je sa prvim zlatnim zrakom
ustao iz kreveta preskočio terasu
pošao preko trave pored ružičnjaka
prošao jednu stazu i preskočio
njenu terasu popeo se na njen krevet
i tu je legao pored nje
bila je lepa i bila je velika budala
imala je zdravog sina
kaže da joj se nasmejao
i da je zagrlio
izgleda da je to bila prva ljubav
sa šest godina se zaljubio u tetoviranu budalu
koja se omacila sa zdravim detetom
onda je došao njegov mladi otac
sa svojom novom ženom punom zlobe

i ja sam ostala sama
platila sebi ručak
i otišla da tražim sobu
na miru da budem sama na moru kao devojka
samo dva puta sam bila sama na moru
bez porodičnih poslova
jednom kad sam upisala fakultet
a drugi put se završilo trudnoćom
avaj svi ti parovi društva
mamice budale velike ljubavnice
narkomani i kajteri sa praznim pogledom
i onaj što me je pozvao jedne noći
pa sam rekla da sam udata
i on je tu bio sa svojom mladom devojkom
durljivom beloputom sisatom
kad su ležali na pesku držao joj je
ruku na glavi da je zaštiti od sunca
da pokaže da je njegova
zaronila sam i plakala
i vratila se u vreli grad i prazan stan
godinama sam mislila
da me nije pozvala sa terase da mi kaže da je tu
spremala sam se da uđem u more u sjaktavo
i tamo ga pronađem
možda bi izronio kao mladi bog
zlatnokos sa kovrdžicama vretenast
vatrenog pogleda upregao junicu svu od svetlosti i pene
a ja majka sa srebrnim bedrima ponosnim pogledom
gledam kako ore modra polja i seče mačem
i tako bismo išli nas dvoje sami
skroz na drugu stranu sveta

ulazim sa sinom u autobus
da ga vodim kod njegove babe
a onda izađem svi nas gledaju
i hodamo pored reke on čupa
travu i cveće i uvrće
na tom mestu gde se sava izgubi
u dunavu ja uvek sednem i
palim cigaretu maštam
gde će sve da me odvede život
pusto je i nema ljudi
sednem kraj prozora tata se
i dalje ljuti što pušim pred njim
gledam svoje obdanište i osnovnu školu
nadam se da će tata i mama da mi daju hiljadu dinara
daju mi petsto
ja odlazim peške kući na zvezdaru
kako idem dalje sve je manje mogućnosti
idem prvo u kafanu na krstu
tamo obično ima neko ko mi plati nekoliko pića
tužna sam ali sipam priču na priču
ne prestajem da pričam
ako prestanem da pričam uhvatiće me medved
sešće mi na grudi
vuk će da me uhvati za leđa da me jede za vrat
pokljuvaće me vrane
idem u kafanu kod pijace tamo dobijem još dva-tri pića
grebem se za cigarete onda kupim jednu paklu
kod kuće je već vreme da se upali svetlo
u frižideru nema ništa
konzerva tunjevine kečap i parče tvrdog belog sira
ispod frižidera su mravi
ja sam mlada mamica mlada raspuštenica

nemam sredstva za čišćenje samo tečnost za sudove
radije ću kupiti neki alkohol
zovem ljude telefonom
i niko neće da izađe sa mnom
puštam ploče jednu drugu treću
i krećem sama istuširana
u jednoj od tri dobre majice koju imam
imam tanak vrat i ruke i struk
nisam stigla da operem kosu pletem pletenice
i uvijam oko glave opet oblačim iste
uske crvene pantalone
što mi je brat kupio u londonu
krpljene pet-šest puta
i vezujem mrežicu na kosu
i stavljam noge u patike
mada imam štikle i stoje mi na frižideru
jer sam ja jedna konceptualna umetnica
i svi kad dođu mogu da vide
moje štikle na frižideru
iznad tunjevine i tvrdog parčeta sira
odlazim u klub i gledam u žarko sunce
to je jedan izrazito zgodan i privlačan barmen
i meni stižu pića
stižu mi piva i kratka pića i džointi
a onda mi neko vreme ne stižu
ja stojim prava kao strela za šankom
i streljam očima i kezim se
i ponekad poigram kao
jebite se govna ja nisam sama kao pas
ja nemam retardirano dete i nisam se
probudila u pet ujutru jer je on trčao po kući
i ne moram da ga držim za ruku kad se uznemiri

i da ga držim uz sebe kad sedim na šolji
i kad se tuširam jer zna da otvori prozor
zna da otvori terasu i da se vere
gde god može
ja sam kraljica kod kuće me čeka
oštro crno vino i šareni debeli tepisi
pun frižider i okrečeni plafoni
ne gole sijalice nego lusteri šareni sa leptirima i
cvećem i arabeskama
na policama sve knjige koje želim
u ormanu stvari crne
u fiokama belo zlato
nosim bisere oko gležnjeva
ne vidite ništa klošari
onda vidim da me gleda barmen žarko sunce
uzmem lizalicu koja mi se zalepila u džepu
i jedem tu lizalicu i gledam ja njega
žarko sunce gleda na zelene oči
žarko sunce je visok i vižljast
žarko sunce diluje
žarko sunce je dripac
ja vadim onu lizalicu iz usta
i dižem se okretno i spretno
rukama na visoki šank
i ljubim žarko sunce pravo u usta
na šta žarko sunce baca prljavu krpu
izlazi iz šanka
uzima me za ruku a njegovi drugovi viču
neka sila bude s tobom
i mi krećemo dugačkom ulicom do moje kuće
sve ljubeći se i vrteći
mladi natruli već a kamioni nam trube

dugo traje taj put
na pola puta ja već ništa ne osećam
a nije u redu odustati
nije bratski ni drugarski
stižemo mojoj kući i dalje ništa ne osećam
barmen zaista ima divno telo koje se pamti
i kaže vidi vidi kako si ovde stavila
glavu na moje rame kao da ti je tu mesto
za tvoju glavu vidi
a jutro polako gamiže golubovi guču
žarko sunce i ja odlazimo na bulevar
gde ja neću da mi kupi doručak
i opet nemam cigarete
neću da mi kupi
i on dugim nogama odlazi
veoma zadovoljan i lep
a ja odlazim po mog sina
ovog puta autobusom
natrag nosim pet hiljada dinara i ceger
sa brašnom i sirom i grožđem
počinje kiša pada po nama
kuća i dalje nije sređena
dete leže da spava
ja sedim i pušim
i osećam samoću i zovem telefonom
ne može da dođe radi žarko sunce tri-četiri posla
osim toga što diluje jer hoće da se iščupa
tako prolaze dani a mene vodi sestra kod
bogatih rođaka potomaka čuvenog pisca
da probamo firmiranu garderobu
koju ćerka od rođake hoće da baci jer
ima neku grešku i njoj se ne sviđa kako joj stoji

divno popodne pijemo viski
i probamo garderobu
jedemo divnu hranu
moj mali dečko se igra po divnoj bašti
ispod velikog oraha se igra
i smeši se nešto sam sebi pa poskoči
ja imam nove pantalone i jaknu
sutradan odlazim sa sinom
do fotografske radnje gde radi žarko sunce i
čekam ispred a on šara očima okolo naokolo
i kaže jao pa dete ti je ludo
pa ga uzima u ruke pa ga golica
a ja ne kažem dođi žarko sunce
nema veze samo dođi ponekad
nego kao slučajno idem tom ulicom
gde je fotografska radnja svakog dana
i vučem dete sa sobom ko me vidi
vidi da sam mnogo moćna baš
sa uskim pantalonama i imam crveni karmin
slučajno idem imam neka velika posla
na svim krajevima te ulice
i na sredini
posle jedno dve-tri nedelje opet mogu
da izađem napolje
jer je moj sin kod svog mladog oca
sa kojim ne pričam
odlazim u klub
i žarko sunce me uzima za ruku i vodi u neki stan
gde me nameštra prema ogledalu da vidi šta radi
i opet napada dan svim snagama
on stoji na ulici ja sam već otišla ali se vraćam
trčim grlim ga

on kaže šta je mala šta je ljubavi
ajde idi imam neka posla
krnjavim sapunom se perem kod kuće i ne spavam
idem pešačim uzimam sina
idem kod mame i tate na ručak
dobijam deset hiljada dinara
još uvek nisam sredila kuću
ali ću da kuvam neka jela
i odjednom se puni kuća
dolaze drugovi donose darove
dolaze drugovi oni me vole
moj sin se vere po glavama
trči po stanu raduje se
jede sline i stavlja ruke u gaće
a ja pričam kako sam došla u klub
pa sam stavila lizalicu u usta
pa sam poljubila žarko sunce
pa me je on uzeo za ruke
pa su vikali neka sila bude s tobom
i flaše putuju okolo
kad mali ode na spavanje
putuju džointi
vrte se ploče
kuva se hrana napunjen je frižider
a ispod je prljavo
ja sam kraljica imam svoje carstvo
na bezbednom sam
gledam jadnike ispod i iznad
što nešto pristojno toplo i zajedno žive
neću više nikad pozvati žarko sunce
šta je mala šta je ljubavi
idi imam neka posla

videću ga posle nekog vremena
proći će pored mene i klimnućemo glavom
mladi i natruli već

stotinu hiljadu milion dana
stotinu hiljadu milion noći
otkako sam izvučena iz maminog stomaka
i dalje hoću da se vratim tamo
stotinu hiljadu milion dana
otkako sam udahnula u tuđim rukama
i dalje se noću plašim
okrećem se obrćem se znojim se i sanjam
stotinu hiljadu milion noći
otkako su me zvezde preplavile
i dalje mislim da treba da budem
na drugom mestu
stotinu hiljadu milion jauka
i dalje izlaze pod zvezde i sunce
slaba ljudska deca
pokvarena uplakana besna
teturava drhtava skakutava
pomamljena omamljena potuljena
i svi hoće sve
vrištava ljudska deca
i svi hoće da su na drugom mestu
i svi su zaslužili

dvojica su izašla iz mene
jedan će za neku godinu da napuni trideset
i juče se usrao u gaće
otac mu je iz Amerike poslao
lizalice i gumene bombone

bele patike kakao grumenje
dva tanka duksa i dva para
tankih pantalona
a meni je poslao belgijsku čokoladu
morala sam da je sakrijem
da je sama pojedem

kada sam se prvi put odvojila od mame i tate
i otišla sa školom na more na jelsu
nismo se uopšte kupali jer su
stene bile svuda i bilo je hladno vreme
devojčice koje su bile prave devojčice
stavili su u jednu sobu dečake koji su bili
dečaci stavili su u drugu sobu a nas ostatke
stavili su u mešanu sobu
jednog jutra mi je moj drug igor kad smo se probudili
rekao da me jebao celu noć i da ću da dobijem bebu
ja sam plakala sama u hodniku nisam htela u krevet
pa me učiteljica kaznila da ostanem sama u kupatilu
celu noć
a bilo je samo jedno kupatilo na čitavom spratu
na kraju tamnog hodnika
veliko belo sa nizom lavaboa kabina i tuš kabina
učiteljica me zaboravila i otišla da spava
i ja sam ostala u kupatilu gde nisam mogla ni
svetlo da dohvatim a po zidu je mileo
veliki crni pauk
došla je jedna majka i tu me zatekla pitala je
šta ti radiš tu a ja sam rekla ja sam u kazni
odvela me da legnem u krevet i pokrila me
i sutradan su me poveli da zovem mamu jer
nisam htela da jedem

i ja sam mami rekla mama igor mi je napravio bebu
a ona mi je rekla nemoj da pričaš gluposti
idi tamo i druži se igraj se mi ovde imamo posla
iz čega sam ja shvatila da me ne vole
i da nisu stvarni ono što je stvarno
to je taj pauk što mili po zidu

kad je moj brat bio mali
bacali su mu školsku torbu u đubre
on je bio bespomoćan teško se kretao
nije bilo pomoći što je pročitao razne knjige
što su dolazili ljudi da igraju sa njim šah
i što je tumačio i čitao
istoriju matematiku učio jezike i pamtio
sve što pogleda i pročita
pišali su mu u torbu isto
a dobio je i batine
onda je mama otišla kod roditelja
glavnog siledžije sela sa njima
u dnevnu sobu i rekla im ako ne
prestane vaš sin da mi dira dete
ubiću ga i ležaću ga
prestao je da joj dira dete
onda je počeo jedan drugi
tom drugom je došao brat od tetke tatine sestre
sa dorćola takozvani rade beli
jer ima brat od strica rade crni
e on je naterao tog da mu jezikom
obriše cipele
onda ga više nisu dirali
a sa šesnaest je moj brat upisao fakultet
i krenuo je sa devojkama

mnogo je voleo devojke
a sve to vreme bar jednom
u nedelju dana vrištao je noću
da su zmije ispod kreveta
iskakao je iz kreveta to je bilo opasno
mogao je da se povredi
mama i tata su palili sva svetla
i govorili nema zmija vidiš
nisu tu lagali su zmije su bile tu
sve vreme i dalje su
zmije ispod kreveta
ja sam ga toliko volela
tog mog brata da sam ga na ulici
zvala brate da svi čuju da
je on baš moj brat
a on mi je rekao što se glupiraš pa me zoveš brate
imam ja svoje ime

svi upitani bili su mišljenja
da nije vreme za gornji deo kostima
a grudi su već počele
i stalno sam se trudila da skočim
sa najveće skakaonice
kad sam skakala na glavu
svaki put bi moje telo napravilo
pogrešan potez
bosa stopala po molu
iskrvavljena kamenčićima
crven stomak i butine
od skakanja
i crvene i male grudi od udaranja u vodu
i crveno sve od prljavih reči

najveća skakaonica bila je špalir
tankih domaćih dečaka
zlobnih i spretnih
sledećeg leta dobila sam gornji deo
i nikad nisam naučila da skačem
dobila sam i lepi kostim
na kostimu su bili
beli leptiri na zelenim travkama
imala sam jedan žutozelen kao buba
i sve se videlo kroz njega
a na rivi sedi visoki sa zelenim očima
od sunca potamnjen debelousti guste kose
i svira gitaru
i jednog dana uzme me za ruku
baš mene od svih tih većinom
siromašnih nemica što su
dolazile na plažu u kožnim mini suknjama
i pile koktele i imale providne torbice u kojima su
svetlucale neopisive čarobne kreme
koje mi nismo imale
one su bile obrijane
one su bile radodajne
one su bile mirišljave i imale su
šnale češljeve i kreme žvake i bombone
ali ja sam povedena u hlad borova
i ja sam poljubljena
ujutru sam ustajala čistila lišće sa terase
prala pod i nameštala jastuke i stone čaršave
sve bi to titralo na suncu pod
rododendronima i narcisima i smokvama
sestra bi me slala u pekaru pa bi imala neka posla
a ja sam sestrića vodila na plažu gde je

vrlo miran sedeo na peškiriću
dok sam ja plivala
i čitava plaža ga je pazila
tada posle ručka silazili su mladi na plažu
još pripadnici bratskog naroda
sledećeg leta biće neprijatelji
a ja sam imala da vratim sestrića
da pospremim sto
sve je moralo da bude u redu na toj terasi
i gospodski a prvi muž moje sestre
stalno je nešto pričao
popodne je bilo moje
sa dve sestre iz bratskog naroda kasnije neprijateljskog
plivala sam do velikog tobogana
dugo je trebalo da se pliva
spuštale smo se niz tobogan
nismo imale kreme flašice ni koktele
jedna je bila plavooka bela i visoka
druga je bila guzata glatka žilava još
oči joj mačje pokvarene kosa tanka i tršava
hodale smo po stenama ulazile u hotel sa bazenom
uskakale u bazen tuširale se
pa bežale da nas ne uhvate
onda bi se vratile plivajući dugo do našeg naselja
a tada bi nas more već ljuljalo
talasi su se pravili mukli mali pa sve veći i veći
sunce se spremalo da zaroni negde tamo
noć je padala polako
na narcise i uskomešano more
zelenooki me pratio u kuću stepenicama posle plaže
stepenicama vijugavim skroz gore do vrha me je pratio
i ljubio pod palmama

kostim je bio mokar drhtala sam tad i piškilo mi se
i nisam mogla da dišem imao je pogled
tako žudan i menjao mu se glas kad priča sa mnom
i potukao se s nekima zbog mene
a onda nas je jednom videla moja sestra
i izgrdila ga i oterala
na stepenicama koje vijugaju
pod palmama i rododendronima
narcisima hrizantemama
gospodskim kućama belim
dok moja sestra silazi sa sestrićem bebom
i oboje imaju iste šešire
a taj sestrić sad ima trideset četiri
i ima svoju bebu devojčicu
kad zatvorim oči mogu da vidim tu kuću
sa puta se ulazilo kroz kapiju
tu su bile dve male sobe levo
terasa popločana šarenim pločicama
s pogledom na plavo na divno
veliki dnevni boravak sa šankom i kuhinjicom
međusprat sa hladnom i mračnom sobom
gde je ponekad spavao otac moga zeta
potomak belih rusa koji je voleo da mi priča
o svim ženama koje je imao
a ispod međusprata donja terasa
sa dve sobe za izdavanje
u te sobe nisam smela da ulazim
imali su bele čaršave
krojene po meri čvrste i klizave
sledeće godine me je potražio zelenooki
rat je počeo došao je preko granice
u drugi grad

i mi smo igrali u diskoteci
a onda se upalilo svetlo jer je počela tuča
i ja sam mu rekla da beži
gospodske kuće ostadoše
prazne da zjape sa čaršavima i paravanima
dum dum dum pucaju puške bam bam
a neki drugi su se uselili u tu kuću
da čiste pod stavljaju jastučiće
i gledaju u more
najednom uskomešano tamno

kaže tata ja sam od kuće otišao sa devet godina
i niko me nikad nije proveravao
retko smo jeli beli hleb a meso samo ponekad
najlepši kolač mi je bio kad prezrela crna zrna grožđa
umuljam u taj beli hleb
i bilo je mnogo lepo jer smo spavali po nas pet-šest
u sobi kod gazdarice pa smo se po celu noć
smejali i igrali
ko ostane poslednji mora da gasi svetlo
i nekad se nije znalo ko je poslednji pa se
između dva dečaka do zore igralo koji je poslednji
morali su stopalima da glade obrve da dube na glavi
da mere pišorke da šorkaju kroz prozor
da jedu papir da recituju pesme a naglo bi
izašlo sunce i niko više nije morao
da ugasi svetlo

kaže mama moj tata je ratovao da bi deci doneo da jedu
bili smo gladni i on bi nam doneo saće
znalo se
da je deda pobio ljude neprijatelje

kod izvora gde su išli na vodu
kaže mama tata je bio gospodin čovek
znalo se
mamu su slali da mu uzme zidarsku dnevnicu
da je ne bi propio
kaže mama moja mama tvoja baba je bila sposobna žena
znalo se
ribala je klozete a kad ne može da riba klozete
jer šije riba kuva seče ili bije
mama je išla da riba stanične klozete umesto nje
a isto se tako znalo da su ti klozeti čučavci i da
muslimani drže flašu pored njih
da operu dupe
znalo se

sva deca rastu i ja i moja mama
vodimo decu na planinu i na more
samo moje ne raste
pare tih godina nemamo
idemo starim automobilom vozi nas tata
ostavlja nas prespava i sutradan odlazi nazad
nas dve ostajemo na planini
imamo brašno i krompir
usput se
kupuje voće i povrće i obavezni bostan
koji se obično kotrlja ispod mojih nogu
pa moram da ga držim
nešto mesa suvog nosimo ne mnogo na putu se
može pokvariti
mama mesi hleb pravi pite
ja vodim decu po čitav dan u šetnje
kad mama hoće da zagrli unuka

što joj se od sina rodio
on kaže neću baba smrdi i
dobije batine od mene
kad stavimo njega i mog sina u korito
da ih kupamo on go trči ispred kuće
neće da se kupa
dere se i svađa mali mršavi mršavac
buljavi vrištavac
i priča priča vređa
mokar se valja po noćnoj rosnoj travi
onda obojica
dobijaju batine po klizavim malim leđima
i guzama dok mi se u lice smeju
i otimaju a sočna trava im je
zalepljena za nogice
i danima im stoji u kosi

moj sin ništa ne priča
sin moga brata uzima ga za ruku
i vodi tamo vamo
kaže mu dođi vamo stani tamo
to nemoj da radiš ognjene
brzo dođi nemoj na put
na putu su automobili
evo ti grančica
čuva ga kao ludu lutku
voli ga nekim čudnim slučajem
a ja ne volim nikoga
pod tim planinama
sedim pušim zagledana u vrhove planina
kada prođu retki automobili prsim se
gledam ponosno

kad izađem na put da hodam sa decom
ti me muškarci
rado gledaju
vidi kakva je stasita ponosna
sa dva muška deteta hoda putem
jesu li njeni sinovi udata li je
i ja zovem sina od brata sine
ili po imenu i strepim da ne vide
da to nije moj sin
nego ovaj drugi

godinama kasnije sin moga brata će mi reći
da je najviše mrzeo to kupanje u koritu
smatrao je to velikim poniženjem
kaže vi svi sedite za stolom pušite
pijete rakiju derete se i smejete a ja i ognjen
sedimo u koritu nasred sobe ugrejane
sa najlonom ispod i posle
moramo da ustanemo gde nam ti
ispiraš tela i pereš guzice
pred svima

lemala sam tog malog vrištavca
golog i klizavog što beži iz korita
tukla sam ga novinama po glavi kad nije hteo
da ide napolje
govorila mu da ne lupeta i ne pravi se pametan
umeo je gadno da se naljuti godinama
naučio je da se ne ljuti i ne prepire
i da radi šta hoće
završio je fakultet živeo po velikim gradovima
hoće da putuje

on svome bratu vezuje pertle i kada mu se brat
moj sin tušira on mu kaže operi i drugu stranu
glave obriši noge pazi da se ne oklizneš
a onda šta god ga pitaš on zna
nisam ga držala u krilu kad je bio mali
nisam imala vremena
niti je on hteo
uzdržavam se da ga ne ljubim i ne grlim
to je neki čovek
to je neki čovek koji ne pripada meni
to je neki čovek što će da vidi svet
to je neki čovek koji ima isto prezime kao ja
to je neki čovek o kome sam sanjala
da ga ja rodim

išli smo krajem puta sa štapovima
začuli bismo šuštanje vira
sladak miris izvora i duboke vode
hladne i zelene
deci sam rekla lupajte nogama
vukovi će da pobegnu
medvedi će da pobegnu
sve zmije će da se zavuku
pod crni kamen eno tamo
sagneš se podigneš granu
čeka oblutak po oblutak
bistra voda i drvo nad dubinom
tišina i blistavo lišće
skidaju patike čarape
zavrću nogavice
love žabe i punoglavce
moj najhrabriji bezumni mali sin

već bi otrčao na drugu stranu reke
preko kliskog kamenja kao da leti
tamo bi kidao grančice i vrteo po prstima
ja sam se
skidala u kostim i ulazila u ledenu vodu
tamo se prala šamponom i onda bih zaronila
a svaki put sa ujedom hladne dubine
ja sam znala da živim živim živim
kamenje ispod mene srebrne ribe plivaju
sunce je gore i nema oblaka
vetar namreška vodu i pokrene lišće
živim mlada i osunčana
beslovesna spretna i brza
živim i lovim punoglavce
a moj najhrabriji bezumni mali sin
jede šumske jagode dok ga
zmijske oči iz tame
polako prate

sada
krupna bela i meka kao nasukani kit
svakoga dana vodim mlađeg sina u topli bazen
kad sam bila kao on već sam plivala kučeći
bez nekog nadzora borila se sa rođacima
dok su stariji sedeli pili pušili kuvali
svađali se i pričali o politici
sada ja krupna bela i meka kao nasukani kit
kvocam oko mog malog sina u toplom bazenu
dok on žudno gleda drugu decu i hoće da uđe
u druge porodice čini mu se njima je lepše
onda je na topli bazen sišla tanka mlada
lepa žena sa krastama na nogama

koje su je ružile i tražila
od svog malog sina da skače i skače
dok ga je ona slikala imaće dokument
njegove radosti neće se videti
da se plašio dok je gutao vodu niti će ona
znati šta je snašlo i kada
taj plitki stvor što nečije pare graciozno
krcka po toplim bazenima
borovnice su se krile na livadi
poniji su trčali deci na radost pored žičare
bela mlitava tela u toplom bazenu su se utegla za večeru
svu noć nisam spavala
zagledana u gusto drveće
tako živo
živo i migoljivo
visoko dubokog korenja
zagrljeno sa maglom
pomamno kad dune vetar
tiho tiho
zapadni svet propada kaže jedan čovek
a doktor je rekao menja se ljudski rod
teško je reći kako i zašto
u svakom slučaju
svi imaju sve manje i manje
sposobnosti da prežive zato
razvijaju određene veštine
koje im ne bi naročito pomogle
kada bi
nestalo struje i interneta
svet je i dalje ogroman i postoje ljudi koji i dalje
imaju sposobnost da prežive
hoće li oni doći po nas da nas porobe

razmazila sam obožavanog drugog sina
on ništa ne zna

kuc kuc šta šta
imaš glavu imam glavu
daj mi glavu
čvorak zlim okom
klupu gleda
hej hej šta šta
imaš oči imam oči
daj mi oči
ružna maca mete
repom šupalj list
hu hu šta šta
imaš jezik imam jezik
daj mi jezik
bolesno golupče
u reci koprca
hoj hoj šta šta
daj šta imaš
ništa nemam

uzela sam malu znojavu ruku
brala cveće i disala
pomolila se strasno u sebi
ti si zec ljubavi ti si ždrebe
ti si sunce i potok
ti si dobio mućak od majke
laku noć

mali jovan se plaši mraka kaže
hoću kod tatice u krevet

plače uzima jastuk kaže
hoću kod tebe mamice
ne možeš ne možeš mama puši
zagledana kroz prozor
juče sam videla visokog
druga iz mladosti bio je skakavac
rasklimani brbljavi sada je
muškarac ne možeš ne možeš
nemoj da se plašiš
čitaću ti o kaubojima
kako je žuća uplašio magare
pa je pojeo meso pa su hteli
da ga upucaju pa je spasao
malog batu od medvedice
pa je našao besnu kravu i
saterao je u obor
pa se borio sa vukom pa su ga
upucali zbog besnila ali
nema veze rodio se mali žuća i sad oni
imaju malog žuću a ovog su zakopali
mamice gde si
tu sam u svojoj sobi
pušim zagledana kroz prozor
tamo na ulici mlada žena prosi
sa bebom u naručju
ide sredinom ulice
automobili je prskaju svetlom i kapljicama
mislim kako bi bilo da tom drugu
sednem u krilo i tako
mamice plašim se nemoj da se plašiš sokole
bata je u kadi drka
popiće posle lekove

tatica je u sobi gleda snimak kako tuku neke ljude
rano će da legne da spava
mamica gleda kroz prozor
tamo ima jedan mračni prolaz
pijanac se naslonio na zid
hladi glavu
mamica čita priču pa će da puši
zagledana kroz prozor u sve
što nije doživela
nemaš čega da se plašiš

jedan dva tri četri pet šest sedam
godina je imao i ništa nije znao
zlatokosi bezumnik moj mili ognjen
tek je dobio dijagnozu svežu
autizam i mentalna retardacija
a ja sam dobila specijalnu nagradu u vieni
pukim slučajem
veličina iz mog grada bila je protiv mene
dve veličine iz tuđih nekada bratskih gradova
navijaju za moju dramu
konkurs anoniman dve veličine se klade
da je dramu napisao mladić uličar
bez formalnog obrazovanja
kad su me ugledali tananu mladu ustreptalu
prasnuli su u smeh
a ja sam ih strasno zamrzela
nagradu delim sa nastavnikom iz makedonije
koji danju kupuje ekspres lonce a noću
pokušava da kresne neku od nas
u vieni ne spavam noću jedva čekam
da otvore radnju jer su mi dali dnevnice i nagradu

tu je jedna ljubičasta haljina
i jedna crvena suknja sa crnom čipkom
i čitava radnja sa sapunima i kremama
a u restoranu dugo ne mogu da se odlučim šta da jedem
deset godina nisam izašla iz zemlje
sedam godina nisam se odvojila od deteta
duže od nekoliko dana
neću mu kupiti igračku
znam da mu to ništa ne znači
on igračke lomi i baca
on voli đubre kese i pantljike
neću nikom kupiti poklon
razmišljam da li da kucam na vrata čoveku
koji je dobio prvu nagradu
on je kao neko biće iz snova
visok je lep je bradat i neprijatelj
nema ništa bolje
svira saksofon piše i prevodi
dobio je bolju sobu nego ja
a kad izađem na veliku ulicu
sve radnja do radnje
neću da idem u muzeje
hoću da stavljam u usta i na sebe
kad uđem u pekaru stojim dugo
ne znam šta da uzmem
posle vidim drugi su uzeli bolje
sve se složi pred samo veče kad počnem da pijem
vidim jedna nagrađena me mrzi
i ljubomorna je dobro je
druga nagrađena je teška budala
muž joj je nametljiv i mek još mi je bolje
sve sam probala za stolom i videla sam šta mi se

najviše sviđa uzeću opet
a ovaj kome hoću da kucam na vrata voli novac
i voli svoj narod
što meni ne daju
u nekom trenutku krećem da pevam
dobroj ženi iz viene je voda u očima
zna li ona ko sam ja
zna li da nikom neću reći hvala
u vieni mrzim duboko
u vieni znam da sam najbolja
godinama kasnije idem u muzeje
šetam po parkovima dišem duboko
sedim po restoranima i znam da naručim
a onda se zaplačem sa tortom u ustima
setim se moja mama nikad nije bila u vieni
niti će

i svake godine deca rastu
samo moje ne raste
ne priča niti se igra
ne možeš biti ponosan
ne možeš biti radostan
živiš jedan isti dan
polako jedan po jedan
odlaze drugovi odlaze drugarice
svako ko je solidan situiran
ima devojku ili dečka
ostaju narkomani pederi lezbejke ludaci
lenjivci nikogovići i izgubljeni
polako
prestajem da budem mlada devojka
približava se trideseta

mene
pozivaju na divna mesta i ja putujem
dobijam nagrade izvode mi se predstave
izlaze mi knjige
prvi put otkako sam devojčica vidim francusku
nisam ni jedan jedini put pomislila na svoje dete
u krdu ljudi gutam lepotu nabreklih gradova
on je kod svoje mile babe hoda pored reke
kida grančice i lišće uvrće kese i pantljike
kad ja putujem zavidna za svojim nagradama
on ima šest sedam osam devet godina
ja imam oči pune mostova i katedrala
imam knjigu pesama dve drame u pozorištu
topaz mi crven u rukama u očima crne suze

kaže tata u kremlju su morali da reše
problem vrana iz nekoliko razloga
prvo vrane su poganile krovove kremlja
drugo vrane su uzimale cveće sa venaca
ali nije ni to bio najveći problem
krovove su rusi prali
vence su rusi bacali i pravili nove
nego su vrane skidale pozlatu sa kula
tako što su se kao deca tociljale sa neba
u ogromnom broju i klizale po krovovima
i tome je trebalo da se stane na put
tako su rusi pustili jednog sokola
na jednu vranu i soko je
uhvatio vranu i vrana je plakala
i onda su rusi to snimili sve i puštali
da vrane pobegnu

moj tata je radio silne poslove da mu izdrže
potomci tada već troje dece i petoro unuka
i stalno je vikao na mene
stalno sam bila nešto kriva
a kad sam bila mala u kolima smo pričali
sine pitao me je
ti stvarno hoćeš da budeš pisac
hoću da budem pisac i da pravim filmove
a kakve filmove
filmove sa vampirima
sada će tata da ti pokaže gde živi vampir
i vozio je planinom do pećine
i pričao kako se planina zove
i pećina i drveće
a u pećinu nismo išli
tamo je bio vampir
sa mojim ognjenom ja nisam pričala ništa
pričala sam sa drugom decom i oči su im blistale
čitav život mu sečem meso duvam u tanjir
proveravam da li se obrisao i oprao
hodamo i lutamo
i ja zamišljam
neki drugi život
neko drugo dete
neki drugi grad
neku drugu zemlju

ustani devojko svaki dan
šinom kreni sa detetom
ne idemo prevozom svi nas gledaju
mi hodamo moj sin i ja
mi hodamo svaki dan

tamo i nazad
odemo u mesaru
tražimo tri šnicle mlad mesar kaže
što tako malo kupuješ džaba oštrim nož
ja kažem toliko nam treba
mesar kaže kako to
lepo jedemo nas dvoje
i nemam dobar nož
i nemam ništa da olupam meso
kako nemaš oštar nož
kako nemaš ništa da olupaš meso
ja imam i nož
imam i čime da olupam
nemoj da brineš nego
da ti ja dam kilo najboljeg mesa
nisi videla takvo meso nikad
pa ću da dođem na večeru i ja ću da ti spremim
smešim se lepo zamislim da dođe na večeru
ta ljudina skoro do krova sa tim oštrim nožem
mi idemo sa tri šnicle
koje ja ispečem a mali dečko neće da jede
penje se na ogradu od terase i drma drma
opet napolje lutaj lutaj
nas dvoje mršavi ko pritke
čekamo da nam neko dođe uveče
ko god hoće
dobrodošao je

sada je krevet moj u kutijici
u kutijici od paravana
mogu da virim glavom i ponešto da vidim iz kreveta
samo ja spavam u mom krevetu

za druge nema mesta
imam divan krevet šteta što
neka bolja žena ne spava u njemu
na primer ja kad legnem mislim samo
kako ću da umrem i na koje sve načine
i kako sve mogu da mi stradaju deca
i na koje načine
onda maštam kako živim u kući sa bazenom
ali neko se uvek udavi u tom bazenu
ili maštam kako plivam u okeanu
ali uvek dođe neka ajkula
zamislim tada neku prijatnu uspomenu
ne mnogo bitnu
na primer kako me onaj iz gimnazije pratio
pa smo sedeli pre mosta pa sam rekla
ovo je moje omiljeno mesto
pa je on mene poljubio
kad sam postala otrovni cvet
gnjila voćka pokvaren čovek
nevolja koja hoda žudnja na dve noge
vrana i hijena
kad sam prestala da budem jagnje
zbog čega i zbog koga

muž mi je rekao da je naš jovan
isti kao ja kad se raduje sve ga preplavi
trči skače ne može da završi rečenicu
tri stvari radi u isto vreme strašno se uzbudi
kad sam se porađala drugi put
sa četrdeset godina
u bolnicu sam otišla nisam se pripremila
bila je nedelja ja sam htela da pripremim sve

u ponedeljak ali počelo je ranije nego što treba
počelo je a ja sam otišla nepripremljena
dali su mi manju spavaćicu nego što treba
sela sam golom guzicom na drvenu stolicu
kada su me uvodili u lift trudila sam se da ne plačem
kada su mi ga dali rekao je doktor vidi ga ko jabučica

moj jovan kad je krenuo u vrtić
plakao je svaki dan kad mu na leđa
stavim mali ranac sa ribom kitom
koja ima povez preko očiju
što znači da je riba gusar
nekad je plakao već od ulaznih vrata
nekad čitavim putem
pa sve manje
kad ja odlazim
gleda me u neverici
zar ti ideš
hoćeš li se vratiti
onda se tamo igra
prvi dan kad je trebalo da spava nije plakao
i ja sam bila srećna
drugi dan kad je trebalo da spava
kad sam iz ranca sa ribom kitom počela da vadim
majmuna koji stavlja prst u usta cuclu i
jedan poseban jastuk
počeo je da cvili.

ognjena dugo nisu primili u obdanište
prvo smo bili na jednom mestu gde je
bio uvek modar i ištipan
a vaspitačice su pravedničkim besom vođene

pakovale u torbu njegove gaće sa sve govnima
na drugom mestu gde smo hteli da platimo
fina kultivisana žena rekla je
mnogo nam je žao ali on
smeta drugoj deci
i roditelji su se žalili
onda smo našli mesto
gde su ga primili i ja sam
počela da pišem svaki dan
a između pisanja hodala sam ispred
suterenskog stana jednog mladića
koji nije hteo
ništa da ima sa mnom

tata je imao običaj nasleđen iz seoskog domaćinstva
da seče kore od lubenice da bi svinje mogle
lakše da žvaću i mi svi dan danas sečemo
kore od lubenice a isto tako je sekao sitno
kore od lubenice i bacao u klozetsku šolju
da ne bi pravio veliko đubre koje smrdi i truli danima
video je ekološki princip u tome
da kora ide u kanalizaciju i jednom smo tako
zapušili cevi pa su ženi na prizemlju
izlazila govna
upitan da li smo mi krivi za tu situaciju
tata je rekao da nismo
i prestali smo da bacamo kore od lubenice
u klozetsku šolju
samo smo ih i dalje sekli sanjajući o svinjama

maštam kako mi roditelji više nisu živi
bacam njihove stvari iz vikendice

bacam i bacam
što više bacim sve mi je bolje
ustanem bodro sjajnog oka
počinjem da živim u toj kući
koja će jednog dana da upadne u veliku reku
prvo bacam trule ligeštule koje čuvaju
od pokojnog čoveka koji im je prodao tu kuću
krevete od pokojnog čoveka koji je prodao tu kuću
još jedan bračni krevet od nekog ko je hteo da baci
ali je ponudio mojim roditeljima i oni su uzeli
ne mogu da spavam u tuđim krevetima
hotel to je drugo
iznajmljeni stanovi to je drugo
kuća
koju treba da nazivam svojom
vređa me tuđim krevetom
onda bacam staru garderobu moje sestre koja
stalno kupuje i drži svoje stvari kod roditelja u
stanu i u vikendici
ona kaže to su dobri komadi treba da se čuva
to bacam
bacam stočiće uglavnom trule klimave
isto od pokojnog čoveka
bacam stolice koje se čuvaju
da bi se založile
ili je neko rekao da će da ih popravi
ili je neko od dece rekao da mu se sviđaju
rušim šupu
krčim sve što su posadili
betoniram
pravim bazen
gledam u dunav i

zapalim tu kuću
koju niko ne želi a oni su je
kupili zbog nas

moji roditelji ne umiru nikako
sede gledaju dunav u silnom nameštaju
sa zamrznutom hranom za potomke
tata baca otpatke u baštu jer tako treba
kad neko dođe on viče
kako treba da žvaćeš šta treba da radiš
kad treba da sedneš uopšte
ne možeš nikad da sedneš
stalno ima nešto da se radi a ne vidi se
da se nešto uradilo i ručak
taj koji je na stolu nikad nije
gotov sve se iznese ali nema pribora
peru se viljuške kad se sve pojede
seti se da ima i pečeni krompir pa moja dušica
moja sestričina
pojede krompir i ućuti jer misli
da je debela
sedamo u kola on vrišti
pazi mi na lozicu
neko plače kad stigne kući
i niko više ne ide kod njih
ko će da pojede planinu smrznute hrane
eno je tamo još stoji
a oni ne mogu da odu

i tako sam otišla jednom
na dvadeset godina mature
poslovni čovek drug iz razreda

iznajmio je veliki restoran
došli su živi profesori
a devojke koje su bile najzanimljivije nisu došle
što znači da su i dalje zanimljive
seli smo za sto pa mi jedna rekla
to vreme u srednjoj školi
bilo mi je najgore vreme u životu
onda je profesorka muzičkog uzela mikrofon i rekla
sada svako od vas nek dođe ovde
nek se predstavi kaže ime i prezime
i šta ste uradili u životu
to je imalo posledice po nekolicinu
moja dobra drugarica je na primer
otišla u klozet da se pojebe
sa dosta mlađim kelnerom

prođem bivšom ulicom
i vidim digli su zgradu
na mesto kuća
a tamo gde su bila dvorišta
sada prodaju razne stvari
u lepo sređenim izlozima
brojala sam spratove
ugledala svoja dva prozora
i terasu
spuštene roletne
ko živi tu neće da ga vide
ko živi tu nema više pogled na krovove
pao je prvi mrak i ja sam uzdrhtala
da se ne izgubim
videla sam
kako mi peva ispred prozora

da siđem a ja se smejem gore
videla sam kvarnjake koje
nisam htela da pustim gore
videla sam neke kako prolaze
misle da li će me videti
videla sam njega lepog kako rumen i čist
staje visok na prvi stepenik
videla sam urokljivog kako gleda preko ramena
možda ga vidi neko ko mu zna ženu
videla sam taksiste što gledaju
da li je ključ pogodio bravu
videla sam nesrećnicu kako se raduje što ide gore
videla sam gaduru kako me u stvari ne voli
videla sam onoga kako gipko hoda nasmejan
videla sam sebe kako držim glavu visoko
dok iza leđa ljudi vrte glavom i gade se
videla sam ognjena kako mi vuče ruku
videla sam ga kako ne razume ništa
videla sam ga kad sam ga donela tu
kako smo bili srećni
kako smo bili lepi
kako smo bili mladi
sve sam to videla
a onda sam prešla ulicu
i zaboravila

bila je ta velika moja zemlja
bio je filmski festival
bio je divan hotel i modro more
ujutru bih ustala i jela sve redom
glatko mi je bilo telo bez dlačica i osunčano
devojke i žene su krckale kao ptičice

sa polupraznih tanjira
gledajući sa mržnjom kako gutam
a ništa se ne poznaje zverski sam bila srećna
poznati pevač za stolom je rekao
ova mala jedva čeka da bude jebana
što je bila živa istina
pa je moj tata hteo da se tuče
taj čovek je povukao reči
a ja sam izlazila i hodala kamenom stazom do stenja
tražila sam gde ću da se kupam
ispod moje i tatine sobe
bile su glumice koje su mi dale da pijem votku
a jedan mladi scenarista me je držao za ruku
posle će oboleti od šizofrenije
jedne godine poveli smo mamu
i nje sam se stidela
ona nije imala dobar kostim
nego neki koji sestra nije nosila
mama je sedela s debelom ženom
i pričala gluposti
ja sam prošla pored njih kao da ih ne poznajem
o kakav je ponos bio mami u očima
i htela je da me pozove da budem sa njom
i htela je da me pusti
i kao da je gledala sve što ću ja da vidim
kakav ponos je bio mami u očima
kako će se taj ponos ugasiti
samo nekoliko godina kasnije
kad budem rodila retardiranog sina
kakav ponos je bio mojoj mami u očima
kad sam krenula kamenom stazom
sa rancem na leđima

maramom na glavi
sama kamenom stazom na plažu za mlade
da osvajam svet
i stigla sam do plaže sa krupnim kamenjem
tamo su bili mladi bili su stranci
bio je smeh i marihuana i flaše piva i krupna srča
i videla sam im severnjačka tela
koja će postati krupna i mlohava
videla sam im crvena braon i bela mišićava tela
tada nije bilo debelih
svi su bili mršavi sa dugim nogama
i stajali su sa dugim kosama
vikali u modrom moru
jedan je bio lep kao mladi bog
došla sam do njega i plivali smo zajedno
pa je došla njegova devojka sitna i pritvorna
malim rukama ga je smirila i zadržala
on je imao već izjedene zube i glup pogled
a bio je tako lep i svirao je bubnjeve
već su mi bili dosadni i oni i svi drugi
na toj plaži sa krupnim kamenjem
a mama tek je ona bila dosadna
jednom smo tata i ja bili na jahti
kod bogatog čoveka i njegove žene
i bio je njihov prijatelj
i njegova devojka koja se stalno svađala i plakala
ćerke bogatog čoveka bile su vižljaste i lepe
i nisu htele da imaju ništa sa mnom
ja sam ležala na ležaljkama na jahti
i zamišljala da je to moje
kupala sam se svaki čas i pila sok
sve je bilo moguće

i da jahta bude moja
vižljaste devojke su se negde sakrile
i čekale da prođe taj dan
i ti gosti što im nisu po meri
a njihova majka bila je strašno zgodna i prefinjena
ne kao moja majka
i dobacivali su joj vojnici na rivi
imala je natapiranu kosu
minđuše što vise i kožne pantalone
moja majka je dementna i ja je više ne volim
rekla je tati gurni me sa mosta
ja više ovo ne mogu da trpim
i rekla mu je ubij me da se ne mučim
i puši više od dve pakle dnevno
i mora da joj sakrije cigarete da bi oprala kosu
govori stalno iste stvari i pita ista pitanja
i ja sam gruba prema njoj
kao ono nekad zato što je mrzim
i ako nešto nisam htela nisam htela da budem kao ona
zašto nije otišla u radnju i probala deset kostima i
kupila kostim koji joj najbolje stoji
jednom kad joj se ponos izgubio iz očiju
pa smo vodili mog sina i decu moga brata na more
isto je nosila tuđi kostim
morala je da pridrži gornji deo
svaki put kad skače u vodu
zato što joj je spadao
naučila je svu decu da plivaju
i da skaču na glavu
probala je da nauči svu decu da budu hrabra
nekoliko njih jeste ostali kriju strah
naučila je svu decu da čovek mora da se nastavi

naučila je svu decu da rade
to je desetoro dobrih plivača
desetoro ljubitelja čovečanstva
desetoro ljudi koji se prave
da se ne plaše
ali ništa neće da nauči mog jovana
došao je suviše kasno
samo je ona skakala sa mosta
i plivala je sa druge strane sveta
onim uličnim grabećim kraulom
gde je glava uglavnom iznad vode
nijedan joj kostim nije odgovarao
grudi su joj bile do pupka
jer je svu decu dojila
bila je pogrbljena i stalno je pila rakiju
i čitala ljubavne vikend romane
meni je njena koleginica
isplela od tanke vunice kupaći kostim
nosila sam ga jedno leto
već sam sledeće leto dojila
i onda mi nije dobro stajao
njeno omiljeno dete sam ja
i ne mogu da je gledam ni da je slušam
pitam je šta radiš mama
ona kaže šta da radim ništa
ja je pitam što ne čitaš nešto
ona kaže hoću evo sada ću da čitam onda ćuti
šta radiš mama
ona kaže evo gledam film
koji film gledaš
ona kaže mnogo me pitaš neki kaubojski
ja pitam o čemu se radi

ona kaže mnogo me pitaš
i ja i ona jedva čekamo da se završi razgovor
da ode da spava ona sada samo spava
čeka da se završi taj život a i ja čekam da završi život
jer mi je mnogo dosadno
da vodim te razgovore
oni su jedni te isti
a ja imam retardiranog sina
on mi kaže milena ja kažem molim
on mi kaže šta kažeš molim
ja mu kažem šta želiš da ti kažem
onda on kaže ništa onda kaže milena
ja mu kažem šta je
on kaže šta ću da ručam
ja mu kažem ručaćeš meso i krompir
on kaže a gde je čokolada
ja kažem čokoladu ćeš da jedeš uveče u krevetu sa čajem
on kaže a šta ću da pijem
i tako svaki dan po više puta vodimo razgovore
jedva čekam da legne uveče u kadu
i da me ostavi na miru
a u kadi sam ga naučila da drka
on se smeši kad izađe iz kade
i jede čokoladu i gleda film u svojoj sobi
onda ga ljubim i kažem laku noć
i sedim pušim dok ne dođe vreme da ga vodim da
piša jer desi mu se
od lekova da se upiša
mali jovan jabučica spava u drugoj sobi
natrćen na jastuk i ne trpi da se pokriva
obrne se oko svoje ose taj mali dok spava
nekad završi na podu

često kleknem pored njegovog kreveta
i mirišem ga i molim se da poraste
da ode da me mrzi i da neće da me vidi
da prođe pored mene
i ode kamenjem na sigurnim dugim nogama prema plaži
i da me pogleda sa strahom neću ga valjda
pozvati i pokazati da sam mu majka pred svim tim
devojkama što tamo čekaju
a ja ću ostati da sedim u hladu
i pušim isto kao moja majka
samo što ja imam kostim kakav treba
ja mamu ne volim to više nije moja mama
ona me vodila na more sa svojim đacima
oni su me dizali na ruke
i držala sam im stražu
kad odvedu neku devojčicu ovčicu u baraku
onda ih je ona ne ova stara žena nego moja mama
polivala sve hladnim šmrkom vode
i pravila je čitavoj školi palačinke
i kuvala pasulj čitavoj školi
s flašom piva u ruci
i brže je plivala od svih njih
kupila mi peraja
i jednom sam plivala ceo dan
sa starijim dečacima do ostrva
mislili su da smo se udavili
ali bila je srećna jer sam ja njena ćerka plivala
ceo dan do ostrva sa starijim dečacima
ja sam njena prava ćerka
a ne moja sestra
moja me sestra ispustila kad sam bila beba
a jednom me ostavila da čuvam kofere

na stepenicama vagona
ja sam stajala
oni su se pozdravljali i vikali sa rođacima
i voz je krenuo nisam znala šta da radim
neko od ujaka spustio je i mene i kofere
mama je vikala na nju i vikala na nju strašno
ona je još više mrzela mamu
samo je ona mrzela od početka a sad je voli
šta je gore ne znam
imam sada jednu malu znojavu ručicu u svojoj
uveče kad legnem u krevet
gaze me tramvaji i autobusi
lavovi se oslobađaju iz kaveza
ljudi pucaju iz automobila u pokretu
on pada sa bicikla sa prozora sa terase sa litice
davi se u moru ja sedim i pušim i nigde ne mrdam
najbolje je da se čovek sakrije
dok ne umre načisto

sunca leže zlatna po polju bez kraja
čuješ li kako zvone lanci na kraju maslinjaka
tamo je crni veliki pas sa uskom glavom
poći ću da se kupam i pokriću se travom
na pesku sedim gledam titravu vodu
u njoj ribe i nemani dubine i rupe
u njoj moj jovan malim rukama grabi napred
s otvorenim ustima da uđe more čitavo

smeje se i klikće mali galeb
prevrće se pada mala riba
otvorio usta da uđe more
krenuo je nogom u rupu u mračnu

zvone mi zvone lanci na kraju maslinjaka
noću ih čujem i pas čeka
krvari srce duboko ispod svih mojih koža
voda me vabi mene i moje čedo

čekaj me psu gade crni grozni
samo ti mene čekaj u čas pozni
ja sam rodila zmaja junaka
ja sam rodila zdravoga dečaka

on pliva i skače i sunce preskače
on u vodi stoji ničeg se ne boji
kada budem stara sklopiće mi oči
ti psu crni grozni sad u rupu skoči

zvezdooki majkin
šta si to sanjao pa si mi plakao
ja sam videla reku i rekino dete
zvezdooki majkin
šta si to video pa si se prepao
ja sam čitala vesti gradovi gore
neki su gladni neki se tove
srcoliki majkin
probuđen smešiš se
to ti je život
malo si plakao
malo se smeješ
sve su žene izašle na prozore
da te gledaju kako prolaziš
jabuko maslino radosti
one su se nasmejale
istresle tepihe i čaršave i prekrivke

lopto šarena
pušile su i pričale
i zatvorile prozore
a ti si porastao
za jedan sat za jedan dan
za nama stupaju čete
leptira i bubamara
vrabaca i vilin konjica
svi stupaju po oblom kamenju
i svežoj travi pod pitomim
nebom

kada ćeš imati brkove da se ne plašim
obećaj mi unuke
kada ćeš jovane plašim se
goluba i senke i crvenog meseca koji će noćas
da bude blizu zemlji
gde su ti tvoji brkovi
ajde više porasti
da mi kažeš ništa strašno

jednoruka vera bila je moj prvi princ
sela bi na patos a onda bih se ja zaletela i
ona me je dizala ja sam se kikotala i
tražila još i još tu sam doživela
ljubavno uzbuđenje nevezano za objekat
mada me je očaravala ta jedna ruka a druga
se završavala dosta iznad lakta i imala je
meku kožu
život tatine sestre bio je pun draži
gledala je u šolju i pričala pouke
učila me da peglam i vodila u vikendicu

tamo je njen veliki plavooki sin donosio
kukuruze i pekli smo iza kuće
postojalo je jezero i ja sam jedan jedini put
otišla tamo bilo je mutno i nepomično samo
su se u vazduhu rojile muve i komarci
mirisna kuća blatnjav put žene što šapuću
muškarci viču iza kuće i peku kukuruze
nemalterisana kuća na kraju blatnjavog puta
gde tetka daje kolač
bila sam voljena tu
odlazila sam do nje nisam je ostavila
umrla je kad je bilo primereno
da je ne presvlače i kupaju
da ne prlja da je ne vide sin i unuk
ono što su videli lekari i muž
visoki ćutljivi plavooki lepi muž
koji joj se nije sviđao
stidljiv povučen nevešt sa ženama
koga sam obožavala
tetkica je otišla
udelila mi je pogled oštre ljubavi i odlutala
osmehnula se i odlutala
šta su šaputale te žene
ko nije smeo da čuje to
sinovi muževi snaje komšije
psi koji vuku stomake po blatu mršave kokoške
gorka salata i ruže u bašti

moja prva najbolja drugarica bila je
vrlo lepa a niko to nije mislio
duguljasta lepe tamne kože klatila se
dok hoda i noge su joj išle na jednu

stranu ruke na drugu i stavljala je
duge prste na usne kad se smeje i često
joj se pravile žvalice na uglu usana i
stalno je muljala kosu oko ušiju
kosa joj bila gusta i crna
i bila je pametna ko pčelica i sad ima troje dece
crtala je na papiru devojke kaubojke grčke boginje
igračice na trapezu učenice
crtala je momke kauboje hodače po livadama i pesku
grčke bogove zamlate
oko njih je crtala cveće drveće knjige svako je
imao garderobu i lični detalj
isecale smo makazicama te lutkice
nisu bile veće od pola prsta igrale smo se satima
oni su plovili jahali putovali borili se učestvovali u
spletkama na francuskom dvoru kuvali ručkove
radili zadatke plovili misisipijem i amazonom
i jednog dana
krenuli da ležu jedni na druge
u imitiranju ljubljenja i koitusa
jednog dana došla je njena sestra
brbljiva bezobrazna krakata
obe su išle u visinu i one i njihove majke i
kukovi su im bili visoko a noge dugačke
i ta sestra je skinula jastuk sa kauča i rekla
ovo mi je muž i sad mi idemo da spavamo i
onda je objahala jastuk i grlila ga i trljala se i
smejala se onda je to radila i moja drugarica
i ja sam htela ali nisam smela i
nisam smela da radim ni kod kuće zato što
nikad nisam bila sama u sobi

bila sam zaljubljena u zanosne bliznakinje
jedna je svirala klavir druga violinu
imale su duge guste ćilibarske kose
smrdele su i stalno bile gladne
potukle smo se zbog dečaka
koji se posle obesio o kvaku
tada sam na ulici videla riđeg čoveka
sa dugom bradom u kariranom sakou
nosio je štap
namignuo mi
niko ga drugi nije video
sada znam to je bio đavo sigurno

na groblje smo pošli mi
i ja i ti
na groblje idemo svi
stiskamo cveće i sveće
nosimo suze i krstove
gore prži sunce
na nogama smo mi
i ja i ti i svi
a jednom ne znamo kad
lep ružan star ili mlad
dobar loš veseo vredan
zanosan ili neugledan
sa nogu pašćemo dole
pratiće koji nas vole
i oni radi reda
do praha ili rake
to čeka sve i svake

jednom sam se pravila da ću da idem u klub
a morala sam da trčim kući
i tamo na mostu srela sam dečake
oni su pevali meni
sve do moje kuće
jednom sam tako morala da idem kući
da me ne kazne a jedan se dečak
sa čiroki frizurom popeo na drvo
sa mojom novom kapom i rekao mi
ne možeš da ideš kući
divan je bio imao je kvarne zube
sada je kelner u dobrom hotelu
jednom sam tako morala da idem kući
da me ne kazne i nije bilo autobusa
i stao mi jedan čovek rekao je
sve sam prokockao ajde sa mnom
da igram još jednu
donećeš mi sreću
i ja sam išla sa njim
i donela mu sreću

u ulazu pored mog
u prizemlju živela je sama žena
ispred prozora gajila je divnu baštu
godinama cvale su tu ruže crvene i žute
mi smo ruže kidali i sekli
ona nam je davala
da pijemo vode kuća joj je
mirisala na šećer i bombone
kad joj je došao unuk od sestre
sa krupnim pametnim očima mali
ona je misleći da sam ja najbolja od dece

rekla milena dođi da se igraš s njim
daću vam divne trešnje
ja sam uzela trešnje i sve pojela
rekla sam malom da su crvljive

volela sam da idem vozom
volela sam da dobijem kartu koju je već neko drugi dobio
i da onda pustim mamu i ognjena da dele krevet s nekim
a ja da stojim u hodniku otvorim prozor i gledam
napolje dok mi žar od cigare prska u mrak a iza mene
ljudi sede na koferima u hodniku i čekaju da stane voz
a najviše sam volela vagon restoran
a još više kelnere u vagon restoranu
oni su bili otmeni i uvek u nekom ozbiljnom razgovoru
sa večitim putnicima
jednom smo mama i ja išle sa ognjenom i on je
vrištao i hodao
onda smo na smenu pile duple vinjake i kafu
u vagon restoranu mislila sam ako umrem to je raj
vagon restoran

žuto teče reka virovi nose debla
ja hodam mlada pored pust je kej
sa mnom idu drugarice
u patikama hodamo i sanjamo o kopulaciji
samo jedna zna šta je to ostale i ne slute
bile smo na nagradnom letovanju
razredna nas je vodila nijedan od naših
dečaka nije pošao ali su
došli srednjoškolci iz mašinske neke škole
nisu nas puštali iz dvorišta odmarališta
zbog tuđih dečaka koji su svako veče

visili na ogradi odmarališta i trljali
se i pokazivali nam svoje obrezane
nismo smeli da šetamo zbog nasilja
koje je moglo da nam se desi izvan ograde
pa smo zbog toga pravili igranke u dvorištu
odmarališta na kome je pisalo
i posle tita tito i razglas je šuštao
uz pop muziku uvek bi bio stiskavac
a neprijatelj je stenjao na ogradi
sa obrezanim
neprijatelj sa jabučicama okretan popeo se na ogradu
razredna je našla dečka
nastavnika odbrane i zaštite
a dečaci iz mašinske škole našli su svako po devojku
ja sam se prvo zabavljala onako kako znam
zapušila sam sve lavaboe toalet papirom
sekla sam čaršave i prelazila sa terase na terasu
prdela sam po krevetima
pravila psine a onda me je dečko sa
dugom kosom vezanom u rep
iz mašinske škole pozvao na ples
bila je grozna pesma i neprijatelj je bio na ogradi
i razglas je šuštao a ja sam plesala
ruku je spustio dole na dno leđa i ja sam osetila
čovečanstvo isto kao mučenik svetac pesnik
jevrejin peder mitoman prokletnik ginzberg
koji je tu u tom istom mestu bio na pesničkoj večeri
nekada u vremenu koje je bilo veliko i pravo
i ja plešem sa dečkom iz mašinske škole
on mi kaže da sam lepa i da me je primetio prvi dan
da sam najlepša i da mu je žao što sam polila
vodom njega i njegove drugove

on mi nikad ne bi dobacivao
i radio šta oni rade
jer on se zaljubio
i pevač u pop pesmi cvili i kukumavči
a svemir se otvara i mi se držimo za prste
moje drugarice likuju konačno sam jedna od njih
penjem se na krevet na sprat i sanjam zelene oči
i repić i danima se držimo za prste i ti prsti žežu li
žežu i jedan dan ispred klozeta u kome sam
sa drugaricom vriskala i bacala rolne papira
ja dobijam prvi poljubac
štipavim usnama i vrškom jezika
i osetila sam ga od kose do nožnih prstiju
i tada shvatam da sam se uznela
da je to način da poletim
ali avaj razredna je došla i rekla
dođi moram sa tobom da popričam
i nije išlo dalje
bilo je leto pre sedmog razreda osnovne škole
ali sada sam imala svoje mesto
sa drugaricama ista jedna od njih poljubljena
on je pisao pisma i zvao da dođem kod njega u
prigradsko naselje još dalje od mog i slao slike
svoje bratanice na noši

kad sam pitala mamu kako nam je bilo
kada smo išli kako treba na letovanje
nas petoro bez ostale rodbine
na grčko ostrvo po vrućini
šta smo radili kakvi smo bili
mama kaže ja sam tamo pekla
po dve kile pečenja pa posle stavim krompir

i onda svi lepo jedete
a šta smo radili kakvi smo bili
ona kaže gazdarica nam je bila odlična
davala nam je kuhinju veliku da koristimo
i sa njima smo sedeli i jeli lubenicu
tata je kupovao lubenice svakog dana
hladili smo ih pod crevom u dvorištu
bilo je malo dvorište
gazdarica nam je dala da hladimo
crevom lubenicu
a bilo nam je lepo mama
bilo nam je lepo
divno nam je bilo tata je kupio jednom-dvaput
svežu ribu pa ja prostrem mušemu na pod
pa udri čisti ribu
ali nije mogla često da se kupi riba
pesak je na plaži i mene dva dečaka uče
da igram fudbal toliko se trudim da su mi
kratke debeljušne noge modre
i ja šutiram loptu
to su dva brata i žive u istoj zgradi kao ja
stariji stalno gleda moju sestru
moja sestra je masna od ulja i na nausnicama
sjaji joj se znoj ona je u bikiniju
ponekad uđe u vodu polako
ako je neko isprska vrišti
brata je mama naučila da pliva
forsirani kraul i stalno ga gleda kako pliva
kad ona uđe u vodu kao da je ušla mašina
mama prepliva svako more i onda se vrati
da ti da da jedeš
ja skačem i trčim i plivam i gaće su mi u dupetu

a godinama pre toga išli smo jednom čak u hotel
i kažu zaljubila sam se u kelnera plavog grka
sa crnim očima takva je bila lepa jelena
on me je nosio na rukama i plakala sam kad me spusti
a kad smo išli prvi put na more
odakle su došli bogovi
ti si se tek rodila bila
imala si nekoliko meseci
kola su se pokvarila
tata je pogurao auto do jednog šumarka
ja sam prostrla ćebe za vas decu
tebe sam podojila i rekla sam tati
da ide da spava jer on vozi ja sam
čuvala stražu uvek sam nosila sekiricu
a jedne godine videli smo
akropolj o stubovi i zidovi
iz same suve zemlje
zub i kost planete
u šarenim suknjama ja i mama
pod žutim drhtimo i velikim
grotlo kapije iskežene
iza nas stoji i plače
za kostima junaka
moja lepa sestra sa šarenom ogrlicom
novom kupljenom
smeši se isto kao danas
sasvim isto kao danas
smeši se kao njen stariji sin i ćerka
do kraja i oko glave
i uši joj se smeše i kosa
i brada i ruke
pitala sam mamu jel me voliš

ona je rekla ja te obožavam
ja sam njoj rekla i ja tebe obožavam
a ona meni ti nikog ne obožavaš
onda je oborila glavu
zaboravila razgovor i pogledala me
praznim pogledom

tata je krenuo sa nekim pijanim starcem
umetnikom i kurvarem nekim od svoje vrste
da obilazi manastire i stao im je automobil
na seoskom putu dok je čekao
rođake da ga povezu ja sam ga zvala i pitala
tata šta radiš
on kaže sedim i plačem
ja kažem popni se na auto mali si
da te ne zgazi kamion
on kaže nek me zgazi što da me ne zgazi
ko sam sad pa ja
tata jesi li pijan
nisam pijan ko je pijan
nego
da ti kažem
znaš onog mileta majstora sa sela
vozio on jednom putem po mrklom mraku
kad ima šta da vidi
velika korpa na sred puta
a baba sedi u korpi i plače
babu su stavili u korpu i vozili sa polja
naišli su na neku džombu i korpa je ispala
i baba sedi u korpi i plače
otišli su i zaboravili je

bila sam dosta mlada možda šesnaest
kada je mom drugu i drugarici bili su tajno zajedno
palo na pamet da pijemo s jednim što je došao
sa pijace s džepovima nabreklim od para
pili smo sa njim a razgovor je
osim njegovih ispovesti bio i o tome sa kojom će
da se jebe i koja će da mu puši
ja sam sedela i slušala
drug i drugarica su uživali u avanturizmu
pijačar se strašno napio
mi smo krenuli sa njim on se srušio u nekom
podzemnom prolazu i taj drug je
predlagao da ga se nečim lupi po glavi i da mu
se uzme novac ja se nisam složila sa predlogom
pa sam otišla nije mi se još išlo kući
nisu sve mogućnosti bile potrošene
pa sam otišla kod dečka i zajahala ga
a onda smo gledali televizor i on je ispričao
kako je sve gotovo i kako je ranije bilo dobro
kako on više nema svoju zemlju
nema dobar bend
i nije hteo da me prati kući
pa sam otišla sama preko polja i baraka
na ogradi obdaništa ispred mog ulaza sedeo je jova
dilindžer sa ranjavim šakama
upravo je nekog tukao sada gleda ispred sebe
tužan jak i lud pušio je
i ja sam popričala s njim o životu i uopšte
kod kuće je mama gledala neki ljubavni film i
pušila u nameštenom krevetu u dnevnoj sobi
u mojoj sobi u donjem krevetu je spavao moj sestrić
i nije se probudio kad sam

otvorila prozor i popušila cigaretu na prozoru
jova dilindžer je sišao sa ograde
sve je bilo tamno i mirisno a iz stana preko puta
neko me je uporno posmatrao
skinula sam se gola pred ogledalom
gledala sam se sa svih strana
osećala sam se kao mlada veštica
kako bih vrištala u letu iznad blokova
kako bih kao strela uronila u tamnu reku
kako bih podigla talase zbrisala brodove
a sestrić je jeknuo u snu
pa sam ga pokrila
i zubima sam škrgutala

vetar donosi miris raščupanih ruža
kosili su travu dođe mi da
zagrizem zemlju
sela sam na klupu ognjenu su stalno
poluotvorena usta i ponekad mu se
skuplja bela žvala u uglu usana
kad mu dajem lekove usta mu se skupe i
zaokrugle u jednu rupu
on samo misli o slatkišima i sokovima
milena, kaže, šta ima u frižideru
milena, kaže, šta ima za večeru
milena, kaže, čija je ono čokolada
to su inače lepa usta kad bi se ljubila ili pričala
možda bi imala drugačiji oblik nego to jedno okruglo
primajuće trpajuće žvalavo obličje usta su mu
stalno ispucala i ja ih mažem i mažem kad mu se
odvežu pertle ja se sagnem da ih vežem poneko
pogleda uglavnom ne gledaju stvar je jasna

na drugi pogled
jovan se ljulja i žudno gleda drugu decu
ona sva imaju svoje društvo on nema
na klupi pored veoma mladi par se prepleo
njena noga na njegovoj njegova ruka na njenom kuku
druga ruka je pridržava ona je srećna kravlje
ona gleda da to ne pokaže kada on dugim kvrgavim
prstima zamakne njoj za gajku od pantalona a onda je
miluje po kuku da li njoj udara iznutra
pumpa li joj krv krupnim bedrima i slabinama
počinje li da raste i da se skuplja
klecaju li kolena ježi li se
ona praznim pogledom gleda oko sebe i žvaće žvaku
onda se poljube i to se poljube lepo ona je hladna
možda to tako treba ako pokaže da je udara iznutra
ona je onda kurva ili budala ili nešto još gore
ne znam ni kako da to nazovem
dok se jovan ljulja ja mislim jesu li imali snošaj
i na osnovu njihovih tela
bliskosti u gestovima i prirodnosti rekla bih da su
obavili snošaj
onda razmišljam kad i kako su obavili snošaj
i da li je ona imala dnevnik da zapiše ili je
zapisala u rokovnik ili u mobilni telefon mislim da su
imali i nekoliko puta možda su se i ustalili ali nisu
navikli i sigurno nisu otišli daleko u tom smislu vidi se
da su mirni da li je ona tako mirna daleka stabilna krava
i kad on ulazi u nju sigurno mu ne govori ljubavi
jebi me zadavi me svrši u mene pljuni me možeš da me
udariš slobodno hoću da umrem zbog tebe i
tako to ima ogromne grudi on je sitan
samo malo veći od nje znači on se penje i uranja

onda su prišle drugarice sve su lepše od nje ali ona ima
stabilnu vezu on se trudio da ih ne gleda čak se i videlo
da jednu pomalo i prezire verovatno je kurva budala ili
možda i nešto gore
ne znam ni kako da to nazovem
pozvala sam jovana da siđe sa ljuljaške
on se spremio da plače ali nije
video je crveni trolejbus
zatrubili su automobili psovke su krenule da se
kotrljaju po krovovima silnih automobila
nebo se približilo zemlji
odemo na drugu stranu parka i on se penje na tobogan
viče na decu trči za devojčicama juri golubove
sva deca imaju svoje društvo
samo on ima matoru majku i brata debila
krenemo kući i vidim ono dvoje sa klupe
idu svojim putem drže se za ruke
ona je tako gorda što ide pored njega
da li će sad ona sedeti na plastičnim stolicama neke bašte
dok će on piti pivo a ona neki sok ona neće pivo što
smrdi i nadima i primetila je da je njemu drago
što je ona ravnodušna prema alkoholu opijatima i dosta
uspešnim primercima što skaču za loptom i trpaju u koš
i biće vrlo smirena dok dečaci nešto pričaju i samo će ona
sedeti sa njima samo on ima stalnu dobru devojku i
priliku da umoči kad se stvari slože i uslovi srede
samo oni gledaju izvan svetla i plastičnih stolica
prešminkane mirišljave one prolaze u vrućim
pantalonicama i patikama sa platformom i mašu rukama
sklanjaju kose deru se okrenule su leđa
kao nisu zbog njih tu nego je dobar pogled baš tu gde su
došle na pumpu auto perionicu i nizbrdni bulevar

sa kućama koje izlaze na ulicu
unutra u kući starica se trese kad god prođe kamion
vidi na slici sebe mladu sa šimi cipelama kako se smeje
sa buketom ispred opštine slobodno udata u opštini
kako je htela nema kutnjak na slici hoće li neko
doći da je prošeta

danas je sreda
u sledeći četvrtak može da se desi
da se udam ponovo i to može da se desi
da ovog puta to bude do kraja sa tim čovekom
živim sa njim skoro dvadeset godina
kiša ništa nije očistila
i dalje je isto što je bilo
nejasno i zamazano
dva deteta muško i žensko po terasi gacaju
dva deteta muško i žensko ušli su sa terase
neko ih je pozvao
neka paze da se ne okliznu
kad kiša stane izaći ću na ulicu
hodaću kao da znam
kuda sam pošla i zašto
mladoženja je tada kad smo počeli imao
crni automobil sa šiberom i mnogo je ćutao
mogao je da popije dosta kratkih pića
kad sam se zaljubila u njega bio je sa mladom devojkom
vozili smo se crnim kolima i vozili
ponekad bi nas stigao neki moj momak
a češće su imali svoja posla drugde
ja sam skidala sve sa sebe pela se na sedište
i vrištala gola kroz šiber
jednom sam utrčala na splav gde su sedeli

neki koji mi se nisu sviđali i ispišala se na pod
sreda je cvrkuću ptice ja sam u stanu
od pet soba sa velikim hodnikom
i kupatilom sa dva lavaboa
tu sam već godinu dana kupila sam vitrinu
kad sam se uselila
i stavila servis
od njegove babe
njegova baba je bila gospođica
kad je ostavila
oficira kraljevske vojske zbog mladog komuniste
oficir joj je rekao
ti si jabuka
spolja glatka a iznutra crvljiva
bila je lepa graciozna plavooka
jako ju je ljutilo što su gospođice komunistkinje
namerno puštale petlju na skupim najlon čarapama
da izgledaju kao proleterke
ona je bila uredna
i mama tog čoveka rodila se u zatvoru
sestra i brat od babe tog čoveka bili su obešeni zaklani
mladi i lepi obešeni zaklani
verovatno su ih mučili pre toga
a ja i mladoženja išli smo u švedsku robnu kuću
za jeftin nameštaj i tamo smo kupili kutiju
za lekove pa sam stavila kutiju u vitrinu
imam puno polica za knjige i drugarica mi je okačila
dve velike slike njih ne posedujem
samo vise na mom zidu
imam i nekoliko slika koje posedujem
tu su sve moje knjige
uglavnom sam ih pročitala

danas je sreda i ne mogu da poverujem u to
tek tako jedan dva tri eto mene
sa četrdeset šest godina udaću se
biću mlada u četvrtak
a imala sam sa mladoženjom dvadeset godina
bračnih noći pre nego što ću da se udam
a kad sam poželela tog čoveka
pre dvadeset godina
htela sam da umrem za njim
kad sam se uselila u ovaj stan sa pet soba
moja majka je došla i sela do prozora
pogledala na drugu stranu ulice i rekla
vidi ovakva je bila naša kuća na jednu vodu
sa česmom u dvorištu u šamačkoj
vidi ovakva je bila naša kuća
a otac je nije slušao
rekao je video sam već šta ima da gledam
i dedi kad su rekli da ide u bioskop rekao je
bio sam u bioskopu jednom video sam
bioskop šta ima da gledam dalje
onda je mama rekla krasavica maja
i gledala u tatu
možda ga je čekala na kapiji
onda bi gustu kosu oprala
pod hladnim mlazom česme
sedela na hoklici i pušila dok dođe
a onda ga grlila i grdila
a on bi joj rekao krasavica maja
a unutra u kući je spavalo njih petnaest
u dve sobe
a kad dođe neko u beograd da studira
onda je spavalo njih dvadeset

tu je rasla moja sestra
tu se rodio moj brat
i majka mi se izgubila u novom stanu
htela da prođe kroz ogledalo
ne mogu da verujem da je toliko stara
ne mogu da verujem da će da umre
biću mlada u četvrtak i neću imati
prvu bračnu noć pušiću i gledaću kroz prozor
tamo neki stan gde čovek sedi na podu
i drži glavu u rukama
možda plače
ima li nešto što nisam pokvarila
da li se moj prvi sin pokvario u mom stomaku
ili dok je izlazio ili ga je dobri bog poslao
na svet nepotrebnog kao jednu crnu rupu
sada je vrlo visok i lep ima veliki stomak
jer stalno traži da jede i jede

pre skoro dvadeset godina moj me mladoženja gledao
jednog jutra i rekao mi ljubavi kako su ti beli zubi
a ja sam nešto kasnije to pokvarila
onda je krenuo da obuva cipele i odlazi
ja sam se držala njemu za noge
rekla sam nemoj
sad već neće da ode ostario je
i ja sam ostarila
hoću li imati prvu bračnu noć
mladoženja kaže nisam kupio prsten
šta će ti prsten imaš prsten
majka prvog mladog muža mi je dala pare da
kupimo prstenje
sve je pare za nas davao moj tata

ljudi su gladovali tada a za mene trudnu
bilo je belog hleba i šunke
i majka od muža je ustajala rano
da kupi belog hleba i šunke
i ja bih sve to pojela
on je išao negde da duva i igra košarku
tuširala sam se ujutru
tuširala sam se pre nego što on dođe
stavljala karmin na usta i onda smo slušali muziku
i dolazili su nam mladi ljudi
jer smo imali kućicu
u kućici dve sobice u stanu
ja sam ih namestila
napravili su mi veliki sto od punog drveta
gde ću ja da stvaram za tim stolom
sedela sam i služila kafu u šoljicama
što smo dobili na svadbi novim šoljicama
i bila sam puna i srećna kao prasica u blatu
kao keruša u prašini kao zec u travi
onda sam otišla da kupim prstenje
i umesto da kupim burme
kupila sam starinski prsten sa crvenim rubinom
jer je to moj kamen
i kupila sam haljinu
kad je trebalo da stavimo prstenje
počeli smo da se smejemo i kliberimo
i majka mog mladog muža skinula je
sebi i ocu od mog mladog muža burme
i tako smo se uzeli

imam sina sad malog jovana
rodila sam ga sa četrdeset

volim da ga ljubim u usta
uveče on vrišti pojedi me pojedi
pojedi mi obraze pojedi mi nos pojedi mi guzu i ja
gasim svetlo onda idem u hodnik onda provirim
a on vriska od sreće onda mu jedem obraze nos guzu
i guram njegovu već veliku nožicu u svoja usta
pre toga operem zube jer mnogo pušim i stara mi je koža
on ne zna da sam stara kad obučem suknju
kaže princeza
kaže lepa mama
sve dajem samo da bude u redu hoću da vesla
da ja plivam pored čamca
u čamac ćemo da stavimo peškir i flašu vode
nećemo daleko pa da izađemo negde gde je lepo
on će da mi priča kako nisu hteli da ga pozovu u igru
ja ću da mu kažem nije život samo sada
kad imaš na primer deset
život je i petnaest i dvadeset pet i pedeset
čas je ovako čas je onako
on će onda opet da vesla nazad do kuće
u kuću će da dođe majstor da nešto popravi
imaće belo vižljasto telo
sa jasnom crnom tetovažom na desnoj ruci
imaće pero na ruci i krupne bele zube i dugu kosu
ja ću mu dati hladne vode a onda krenu talasi
i čamac se prevrne i njemu se zaglavi noga a ja sam stara
ništa ne mogu a gde je on gde je mladoženja
gde je on sa tužnim očima
hoću da imam prvu bračnu noć
hoću da ga imam kad je mlad i ćosav sa zlatnom kosom
čitao knjigu na kauču koji ga je znojio i štipao
kad je maštao o ludim devojkama

koje bi ga zanele koliko sam godina imala tad
deset
hoću da ga imam kad se vratio iz vojske
probuđen muževan odjednom oćelavio sirov
koliko sam godina imala tad
trinaest
hoću da ga imam kad je išao u kibuc
i tamo vozio kamion
kad je hodao po pustinji
kad je bio ronilac
hoću da ga imam tada
da li sam dobila najbolje od njega
a šta je on od mene dobio
gde je on bio
kad sam imala mlade grudi
i gde je bio kad sam se vrtela besna
u crnim cipelicama
gde je bio
i što me nije rodio sram ga bilo
i što me nije nosio
što me nije nunao
eno ga kleči na cvetnoj livadi dečak
sa slamnatom kosom krakat duševan
zlopamtilo gutač bolova
sa deset godina pokošen već
kao trava kao cvet što tada nije bio moj
što ga nisam rodila

o eno mesec kliče po mokrom pesku
sija se grlić flaše
ovuda su bogovi jurili devojke
obamrle bele sa gustim kosama

eno ih sada mladi preskaču vatru
nategnutih vratova piju i viču
spremni da skoče bez devojaka one rade
po restoranima drugi stoje
naslonjeni na motore
ja hodam sada sićušna
moja ljubav sin moga brata priča
zastane zapali cigaretu
i on bi hteo slavu i ljubav od ljudi
ovuda su junaci kopljima probijali
neprijatelje i posle plakali za njima
a ja sam tako sićušna

senke su mljackavo polegle po magistrali
sve je tiho mi idemo molećivo
sestričina priča nešto sve je kod nje nežno i smešljivo
onda bi se najednom naljutila
njen brat hoda sa štapom
s leve strane huči bistra brzovodna reka preko
glatkog kamenja sakrivena šumom sa desne se
nadnosi visoko drveće i potmulo kamenje skriveno
put je uzak ja pazim da svi idu jedan iza drugog
krenuli smo da obiđemo stari grob gde ljudi
nemaju prezimena svi su po imenu naslagani
poneko ima i očevo ime deca vole stare grobove
i kuće iz kojih plazi paprat i drveće
deca misle da će da žive zauvek
deca misle da su bezbedna i ja sam tu
da oni budu bezbedni
tamo u kući je moja majka ispekla hleb
hleb raste tamo u kući ću sedeti na pragu i pušiti
gledaću prema visovima disaću mislim i ja sam deo ovoga

ovde mi je majka dolazila na kosidbu tu se
šetala sa mladim rusom inženjerskim sinom
on je imao vučjaka ali nisu se poljubili
za njom su uvek išla braća
ta braća sada zagledana tromo
u guste planine gde druga zemlja počinje
na zidu visi spremna puška
kad dođe moj lepi pravi ujak sa sedom kosom
pucaće iz puške sva će deca vikati
zamišljati kako ubijaju vukove i medvede
kako ratuju i biće hajduci partizani četnici
samo će moj sin gledati
prazno i bludeti i samo će njega slikati sa puškom
većom od njega
pušku su mu dali da mu preci daju snage i pameti
pušku su mu dali da se spoji sa planinom
on je zagrlio pušku i pružio ručice
tako se slikao

sva su ta deca sada ljudi
samo moj ognjen nije
i jutros se ispišao na patos
a najstariji unuk moje majke
ima malu devojčicu on joj kuva pa je hrani
pa joj priča ima običaj
da cokne usnama kao njegov otac i
najstarija unuka moje majke radi stalno
zaljubljuje se luta
drži se pravo i priča glasno
i ona i njen brat kad se osmehnu
pretvore se u onu decu koju sam držala
i odmah se setim kako su plakala

i pružala ruke
onda ide sin moga brata
naslednik porodičnog imena sve pameti i svih poroka
gore mu oči i srce i on bi da osvoji svet
još uvek nije voleo
onda njegova sestra toliko lepa da svakog rastuži
bezazlena i tvrda
sa ogromnom kosom nasmejana a jedno joj oko luta
to su deca koju sam ja čuvala
kada je sestra rodila treće dete
i zvala me da ga podržim jer joj nije dobro
jedva sam ga držala
tog dečka sada većeg od mene za dve glave
jedva sam ga držala strašno mi je bilo
da gledam bebe svaku sam bebu htela
da stavim na svoju sisu svaku sam bebu
htela da ukradem svaku sam majku gledala
zašto je ona zaslužila a ja nisam
svaki sam dan klela i hulila
i sada me taj dečko dve glave veći od mene
nežno ljubi
ja ne vidim u ogledalu da sam ostarila
ja vidim milenu
ja vidim milenu kako prelazi most
ja vidim milenu ispod klupe šalje papiriće
bez potpisa
volim te
mrzim te
pogodi ko sam
ja vidim milenu kako se kliberi
ja vidim milenu kako igra dok ne padne
dok se ne upiša vidim milenu

kako vrišti i vrti se
ja vidim milenu kako je tata voli
kako je mama voli kako je vole rođaci svi
vidim milenu kako je davno otišla ta milena
i nje više nema možda nije ni postojala

kad sam počela da živim sa čovekom
odmah mi je doveo svoje dete i psa
pas me je doživeo kao štenca
ništa me nije slušao dečko je patio
verovatno mu je bilo muka čitavo popodne
kad odlazi od mame muka u kolima
još veća muka ispred mojih vrata
onda bi mu otac rekao idi javi se
mileni on bi se javio
stisnutih zuba i odlazio
u svoju sobu i gledao je
da što manje posla ima s mojim
sinom debilom dosta se
gadio peškira i čaša i četkice
da stoji sa našim četkicama
ja sam se ljutila što se gadi
danas mi je žao što mu nisam
dala da ima samo svoje peškire
što nisam izvezla njegovo ime
što nisam napravila nek ima svoju
policu sa svojim imenom i svoju čašu
što sam stalno htela nešto
da ga naučim on je porastao
i otišao sa stisnutim zubima
samo moj sin nikad neće otići

bila je jedna reka što sam je pila
bila je jedna reka što sam mogla da se udavim
jedan je izašao iz mene
drugi je izašao iz mene
i volela sam da dojim toliko slasti u tome
glava na ruci i teče mleko i miris male glave
usta na mojoj sisi krv moje krvi
mleko u mojim ljubavima
jednim i jedinim
reka i dalje teče
i ja sam svojoj majci bila na grudima
sve sam zaboravila
da li je otac gledao
ništa je život mimo krvi i mleka

prvi put sam videla veliki sneg
sa skoro trideset godina
bilo je belo i pitomo i nebo se
spajalo sa borovima
tišina je bila velika
glasovi kliktavi i svakom se
video dah
u kući je bila vatra i kuvano vino
i pekla se proja i kuvalo na smederevcu
i kad sam videla taj sneg ja sam zaplakala
isto tako sam zaplakala kada sam
se popela na katedralu u sieni
videla grad ispred sebe
u kući pod snegom bio je tavan gde su deca odvukla
velike knjige i igrala se kraljeva i čarobnjaka
ja sam zurila kroz prozor
i gledala u sneg

unutra je toplo
svi će da jedu pa će da spavaju
pas haski je vukao sanke
i vrištao od sreće
voda se noću ledila u česmi
moja ljubav je čitavu noć ložila
moja ljubav sa velikim ramenima

mlada sam i sve mi je daleko
budućnost ne mogu da vidim
prošlost je malena bedna
mogućnosti
nisu velike ne mislim
imam puno posla
sa druge strane reke nisam otišla nikad
tamo počinju velike planine
ujutru oblačim čizme pantalone i džemper
i deci isto tako
u podne skidam džemper i čizme
ulazim u reku perem se između nogu
onda deca ručaju pa ih stavljam da spavaju
predveče sedim na stepenicama ispred kuće i pušim
i tu dođe taj moj rođak
a oni imaju kupatilo u kući
dolazi kamionom parkira
seda na prag sav mirišljav
vozi mene i decu jedan krug dva kruga tri kruga
nekad idemo na sok
onda sedimo na stepenicama i pušimo
sa svih strana nas gleda
trideset očiju
a mi tako želimo da se sparimo

ali ne smemo
rođak vozi kamion
ja odlazim na more
na moru se kupam gola i gledam decu danju
noću pijem ko hoće sa mnom da pije i da me
časti uglavnom
a časte jer sam jako zabavna
sva deca koju čuvam pričaju moje ne priča
sva deca me se sećaju moje me se ne seća
živi jedan isti neprekinuti dan
i tako će dugo i još duže
i tako se ja kupam gola u moru
a moja mama hoće da odvede moje dete kod hodže
onda ja trčim za automobilom i vučem ih
oboje iz automobila tako da im ostaju modrice
a na tog čoveka koji ih vozi vičem
onda me vode u manastir
a tamo mi čovek u mantiji koji me gleda kao da sam gola
kaže dete ti je takvo zbog tvojih grehova
i ja hoću da ga uhvatim za gušu i kažem a zašto ja
on meni božja volja i hoću da ga
pljunem ali moj ujak vidi moju pesnicu i pljuvačku
kako se skupila i vodi me natrag u kola i vozimo se do
kuće i upeklog grada u dolini
jednog od najružnijih gradova na planeti gde sam
doživela razne ružne i čudesne stvari
onda ja i moj brat od ujaka punimo dečji bazenčić
u bašti ispod smokve i pijemo kao životinje
ja urlam da hoću nazad na more i hoću da živim
i onda odlazim
na elitnu internacionalnu rezidenciju
to je prvi put da se razdvajam na duže od mog sina

ostaću tamo čitave četiri nedelje
svi se organizuju da mi nađu kofer samo
niko nema toliko veliki kofer nalaze jednu torbu
koja ne može da se zatvori
pa je onda vezuju kanapom
samo ja ne mogu da je podignem
moram da je vučem
i tako odlazim u london
imam torbu sa kanapom
torba je prljava od ilovače
to ne može da se opere

mama se nije javila sedi tamo sama
pred nasmrt pojačanim televizorom
gleda slagalicu i puši cigaretu
za cigaretom iz četiri puta uspe
da podigne teško telo i ode
do kupatila a usput se popiša
u hodniku su stare novine
presavijene na parketu a preko njih
složene papuče patike i cipele
u kupatilu nema sapuna
ona ih negde sklanja isto tako kao što
skloni čiste gaće a popišane i osunčane
i izvetrene slaže po komodama
došli su da je vode u kuću moga brata
plačnim glasom mi kaže sine hoću kod tebe
nećeš nećeš mamice
idem na poslovni ručak
nećeš nećeš mamice
moram da zaradim pare
nećeš nećeš mamice

što mi nisi dala pare da ostanem na moru
nego smo došli u kuću tvoga brata
gde sam čitavu noć htela da se vratim
sutradan mama
svi smo ljuštili krompir i paprike
tužno su me gledali i tvog unuka
a da si mi dala pare
ja bih plivala i bila najlepša tamo na moru
i rekao mi je da će da me provoza
u helikopteru
nećeš nećeš mamice
moram da idem kod frizera
nećeš nećeš mamice
možeš da plačeš kolko voliš
danas idem na fakultet
jedna mlada žena ima ispit
posle toga idem na sastanak
druga mlada žena izdala knjigu
nećeš nećeš kod mene
da mi pišaš na novi kožni kauč

sanjala sam te mama sediš na stoličici
pored praseta koje se vrti
polivaš ga pivom ono cvrči
pa otpiješ pivo pa zapališ cigaretu
meni daš kožuricu
ja otrčim do kutije sa pilićima
onda se vratim svi su već počeli da viču
ho ho sada piju i rakiju
onda sam odjednom velika
treba da se nađem s jednim određenim dečkom
da uđem na određena vrata

a nemam ključ i ako ne uđem baš tad
svi će da dođu i ti mama i moja deca
muža nema u tom snu on se pretvorio u tebe
a nema ni tate
onda pokvasim cipele čarape stane autobus
odjednom letim u avionu imam neka posla
i nikako da nađem taj ključ

moja sestra je sekla malog belog miša
u rano jutro pred studentima
onda je došla kod mene sa zračnim pogledom
da me vidi jesam li dobro
onda je rekla
kad sam spavala prvi put sa dečkom
nije bilo krvi uopšte
mislio je da ga lažem da sam nevina
i čula sam jednom kako mama i njene sestre pričaju
treba žensku decu probušiti po rođenju
a ne posle da ih neki majmun maltretira

ja sam krvarila kao prasence
pa mi je dečko doneo od sestre
čistu gustu belu pamučnu vatu
stajala sam u kupatilu stisla sam noge
i gledala se u ogledalo da vidim
jesam li se nešto promenila
videla sam bledu devojčicu
pre neki dan sam srela tog dečka
i fino smo se ispričali samo se on ničega
ne seća sad je lepi sredovečni čovek
koji živi u los anđelesu
a čega se sećaš ja sam pitala

on kaže
sve je to meni bilo kao da si u nekom zatvoru
bili smo zajedno a onda te je
negde odvela porodica i odjednom nisi tu dve nedelje
a ja imam stalno svirke
i sećam se da smo bili predgrupa idijotima
sećam se bilo je lepo vreme
sećam se bila si uvek spremna za nevolju
sećam se ti si me upoznala sa sledećom devojkom
sa njom sam bio nekoliko godina
probao sam da joj pomognem
nisam joj pomogao
rekla sam mu znaš
nikad nisam pobegla od njih
svašta sam radila da se ubijem i ništa
svašta sam radila da pobegnem i ništa još gore
nisam mu rekla ej kako se ne sećaš da si
šaputao ena
ti si lepša gola nego obučena
imao si dušek na podu a tvoja je majka
sela pored mene kazala mi
dobro došla enice
moj sin tebe sanja danju noću
on kaže živeću neko vreme sa svojim
velikim sinom
dugo nisam bio sa njim
dečko ima pedeset ja skoro pedeset
dečko za stolom pored ima više od šezdeset
reži nešto dok priča piće ga je uhvatilo
devojka za stolom slobodna bezdetna
vrlo lepa ima pedeset
uskoro će se osušiti

toliko se puta zemlja okrenula
toliko je naših u grobove ušlo
a mi i dalje nismo ljudi nego
neka strašna deca

hoće li doći varvari
da nam donesu dobru krv
mi smo nekada bili varvari neki od naših svakako
bili smo ratnici rado smo umirali bili smo zlikovci
bili smo ubice bili smo seljaci rado smo ubijali
bili smo zidari bili smo učiteljice bili smo kurve
bili smo majke bili smo babice vidarke mučenici
proroci radnici
gde su deca

milena ozbiljno smrtno ozbiljno pitam
dokle ćeš da se sećaš
da nisi sišla ljuta iz autobusa
ne bi bilo ovo
da nisi te noći izašla
ne bi bilo ono
da nisi ostala još malo
da nisi ostala do kraja
ne bi rodila bezumnog sina
ne bi bila ovo što si sada
pobegla bi od zemlje i krvi
i majke i oca
vozila bi kabriolete
surfovala imala plavu kosu i zelene oči
ozbiljno smrtno ozbiljno pitam
dokle ćeš da se sećaš

milena smrtno te pitam
da li bi se menjala
utvare mi pružaju ruke u noći
ja drhtim pod niskim nebom
da li bi se menjala ne bih
ali svaki put kad vidim
mladu devojku kako stavlja dete na sisu
i ja bih ponovo pa šta košta
i kad vidim slepljeno dvoje pod brezom
i ja bih ponovo
i kad vidim iskolačene mlade pijance kako vrište
i ja bih ponovo
i kad vidim moju majku sela bi joj u krilo
i kad vidim pušku pucala bih i vrisnula
i ništa ne ostaje iza nas
samo deca
a deca ako imaju sreće
odu i zaborave
ako nemaju drže ih
strašnim kandžama i sve se ponavlja
usamljeni mladići riču u sebi nad svojim pivom
a devojke se uzdržavaju od jela dok im rupa pulsira
u iščekivanju
zemlja leži prazna
gradovi gnjile puni
deca crtaju globus
dobila su zadatak
moj drug sa druge strane
nemaš druga sa druge strane
nemaš nikoga
i niko ne zna šta će biti sa nama

čega sam ja oruđe
čemu i kome služim
šta sam dobro uradila
hoće li nešto ostati u sećanju
moj prvi sin živi u paklu sadašnjosti
moj zlatni sin sa širokim ramenima
trbuljat i bezuman živi u paklu
on nema prošlost ni budućnost
nema prelaza ni promena
nema snova ni nade
njegov svet je njegovo telo
njegov svet su ljudi koji ga drže
u stalnoj sigurnosti
nepromenjene paklene
detinje strukture
ne može da se pusti
postaće bezumna vrišteća masa
trogodišnjak od dva metra
čemu on služi
kroz njega li progovara
onaj što vidi
svepogledom
kroz njega i njegove
prazne kestenjaste oči
ko sam ja
ima li mene i sutra
da li me je bilo ranije
ovaj sve moj li je
ili me samo boli i okiva

proleće devedeset četvrta
mama divno izgleda

sva su joj deca otišla od kuće
čuva dvoje unuka ponekad
posle fakulteta odlazim kod nje trudna
pridržavam niski stomak
ona počinje da kuva neka nova jela
paelju rižoto ima nežan pogled
i sama se sebi smeši
ona i tata imaju sad čitav taj mali stan za sebe
to nisu imali nikad
meni je malo lepo a malo mi je krivo
sećam se poslednji put kad su se strašno svađali
tek sam počela da studiram
nagutala se tableta za smirenje i popila rakije
legla da spava kao mrtva
a ja sam se namirisala obukla i našminkala
pa sam sela pored nje dok je buncala
za to vreme tamo u gradu
svi su bili na mnogo dobrom koncertu koji i dalje traje
samo ja nisam nikad otišla
sada ona lepa i nasmešena živi svoj život
rodio se prvi unuk sa našim prezimenom
u martu
ima velike oči i debele usne i bujnu kosu
i mnogo plače već grabi život usisava ga
njegova ga lepa majka obožava
moja majka u tom trenutku sanja i ne boji se
njen sin nedonošće njena živa muka
njen pametni dobio je zverče
a ja sam mlada i trudna
vidim mama misli nešto a to nije o meni
i malo mi je krivo
na jednoj slici držim tog malog na svom

stomaku u kome je njegov brat
a pored mene moja sestra i sestričina
imaju iste frizure
gospodski stan svi smo u šarenim haljinama
punimo stan decom
pevamo sviramo na klaviru
napolju je pao pitom mrak
imamo hrane doneli su svi
ne mnogo posle toga proleće je
mene moj mladi muž mnogo voli
to više nije isto ja sam sad
uvrh puna novog života
on se pribija uz mene noću drži me u rukama
i stalno je nasmejan još zube nije
popravio izgleda obešenjački
lepotan na slikama
i tad umire jedan od mojih ujaka
omiljeni čak i oni svi sedaju u auto mercedes
pun benzina njih petoro
da odu na svoju omiljenu zabavu
na sahranu
teča bivši šofer kamiona sada vlasnik firme
koja ima autobuse vozi pored njega moj brat
kome se tek rodio drekavi životograbeći sin
iza sede moj otac i moja mama
i tetka ali ne tečina žena
najmlađa sestra moje majke sa kosom uvek
skupljenom ćilibarskom kosom u kojoj je
stajalo tri sunca
kosom do bedara
ona je sama živi bez muža oduvek
sa ćerkom koja radi kao krupije i tada

oni sedaju u automobil nemačke proizvodnje
moj mladi muž i ja odlazimo u prazan stan
gde više nisam ja dete nego sam
odiva kaže mama ti si odiva
ne možeš više da spavaš ovde sada si udata
otišla si
mi smo došli da budemo sami u praznom stanu
dolazi nam u goste moj drug sa klase
deset godina od mene stariji
divni homoseksualac usisava cigarete
i gleda nas mladi par
njega kako mota džoint za džointom
i mene kako mi zagoreva krompir
koji svi ipak jedemo
jer nam je slatko
ja ne duvam niti pijem
samo pušim gomilu cigareta
i strašno sam puna sebe
i puna deteta koje ću da rodim
čekam da mi se jave da su došli kod
drugog ujaka oni se ne javljaju
ja zovem vidim
nešto nije u redu
čujem
padala je sitna kiša najgora klizav
je bio put oni su sleteli
sa puta u dubok lim
u lim gde je moja majka
skakala sa mosta
u plavet vrtložnu
sada negde je u nekoj bolnici
slomila se

tetka i tata i mama su izleteli
kroz zadnji prozor
brat se setio da je čitao u zabavniku
treba otvoriti prozor da se izjednači pritisak
a onda otvoriti vrata i pustiti se
da te voda izbaci i to je uradio
svojim trapavim rukama je otvorio prozor
odvezao se uspeo da otvori vrata
i isplivao
pre nego što je isplivao
tata koji nije plivač
rekao je mami milka idi dole po peđu
ona je rekla ne mogu nešto nisam u redu
i cvilela je
teča se setio svoje ćerke
i uspeo da izađe
svih petoro je preživelo
mama je išla na preglede
i spremala se da legne u korito
šest meseci
onda su mi rekli da idem da se porodim
nekoliko nedelja ranije zato što doktor
ide na put
tek pre nekoliko godina sam saznala
rekli su mi da idem da se porodim
jer je mami rečeno da možda ima rak
i da joj je malo ostalo
onda su izvadili mog sina iz mene ranije
ima li to veze sa tim što je on retardiran
niko ne zna
mama nije imala rak
dobila je grbu na svoja lepa leđa

nije više sanjala ponovni život sa tatom
u stanu koji je počela da renovira
i kupuje novi nameštaj
tetka raspuštenica je posle poludela
pije lekove a kad ne pije kažu
uzima slike naročito moje
i pali i cepa
teča je umro strašno mučno
od leukemije ćerka ga je prenela
na onaj svet ta mala lepotica
živi sama u nemačkom drevnom gradu
radi sa migrantima vernica je
njegov sin moj lepi rođak
prodao je firmu sa autobusima
i otvorio hostel
kad je teča umro otkrilo se da je izdržavao
šahovski klub i važio za velikog dobrotvora
tetka njegova žena živi u drevnom nemačkom gradu
nije mnogo pokretna
moj otac eno ga grubim reckavim glasom
i dalje kroti svoju decu i unuke
zabija ljuske od jaja u zemlju oko vikendice
misli tek sad će da počne da radi
prave stvari
mama spava i zuri pred sebe
sestra je učestvovala u čupanju mog sina iz mene
sve je njih to mučilo
da li je mogao biti drugačiji
da je još nekoliko nedelja ostao u mojoj krvi i mesu
niko ne zna

kad sam se porodila sa drugim sinom
zvali su me u bolnicu vrištali
svađali se sa mnom ko će da dođe
da vidi bebu
dali su moj telefon ljudima koje
nisam htela da čujem
jednom čoveku koji je tih dana umirao od raka
on me nazvao zaplakao zaćutao
a mene je žuljao kateter
bio je riđ i pegav
i bila sam zaljubljena u njega
sa deset godina
mama mu je bila nastavnica srpskog
moja mama nastavnica ruskog
one su pile kafu a ja sam
išla kod njega u sobu
on lepi nasmejani momak
sedeo je za stolom i čitao
ja sam stajala iza njega i njušila ga
drugi sin je bio izvađen iz mene carskim rezom
zvali su ljudi koje nisam htela da čujem
došla sam kući a mama i tata
bili su ljuti jer nikog ne puštam u kuću
pustila sam ih
bilo je leto oba puta kad sam se porodila
dojila sam svoju jabučicu i slušala kako stariji
šljapka dok drka u kupatilu
stavila sam svoju jabučicu da spava
stavila sam starijeg da spava
izašla na terasu na desetom spratu da prostrem veš
pogledala dole
noge su mi zaklecala

utroba mi se prevrnula
pomislila sam da se bacim
i još sam gore stvari pomislila
svakog proleća su se sastajali
da piju i jedu što su preživeli
onda su prestali
mama se sad ne seća više ni toga

sišla sam sa desetog sprata
u divnoj sam sobi
čitam knjige i gledam ikone dok se
ljudi bore za život
i mlade žene sa bebama na prsima prose
šumi šum dalekih vozača
koji će da urone u noć
paravan imam u sobi
bio je pored mora u sobi bez prozora
gde je spavao čovek plemićkog porekla
sa velikom glavom i nozdrvama
koji je disao glasno kroz nos i šištao
dok je jeo i pričao mahao
mesnatim rukama i meni govorio
o muškarcima i ženama
nije mi smetalo bio mi je zabavan
sa belim velikim trbuhom na
tankim dugačkim nogama
mirisao je na sto mirisa
i bio lakom na hranu
iza paravana je spavao
kad bi u njegovu morsku kuću
došli njegov sin koga je terao
da jede ono što ispovraća

žena njegovog sina moja sestra
i njegov unuk koji ga nije zanimao niti ga je voleo
taj glavati čovek sa belim trbuhom
sebe je zamišljao kao neku veličinu
i onda kad je moja sestra
napuštala njegovog sina
ja sam došla i natrpala u ruke
sve što sam mislila da ona treba da ponese
on je stajao na vratima
gledao u moje ruke
bila sam spremna da progrizem svoj put
kroz taj beli bubanj od trbuha
mislim da je video tu nameru i sklonio se

sestra je otišla na prvi sprat
dosta loše zgrade u stan
sa jednom sobom
pokušala je da prodaje parfeme
ukradenu robu da gleda u šolju
proriče budućnost na razne načine
imala sam tada firmirane džempere
u svakoj boji ispale iz kamiona
kape i jakne sam imala
parfeme i naočare za sunce
a ona se zaljubljivala često
nosila štikle na svoju lepu
šampanjsku nogicu
i dok je smog klobučio prvi sprat
nad glavicama dece
ja sam pušila
a ona mi je gledala u budućnost

idem u crkvu da pogledam
svima tamo u dobre oči
čujem li da mi kažu da trpim
ja hoću
počinje jedan novi svet
mene je sramota
ljudi su dobili obećanje
da će da žive dugo i budu
zdravi i lepi moguće je
potpuno oblikovati telo
vežbama i operacijama
piti vitamina i jesti
pravu hranu i onda
ti sa šezdeset godina ako si žena
ko ti kaže da nisi mačka
ti imaš pravo da imaš momka od trideset
dobila si obećanje da ćeš da živiš večno
i svršavaš do osamdesete
u čemu je problem sad
ako si muško još lakše imaš pravo
da uživaš do devedesete dobio si
obećanje od reklama televizora interneta
da ćeš da živiš večno
i da ćeš imati tu mogućnost večnog
obnavljanja u mladom ženskom mesu
niko ti neće vratiti naježena ramenca
u prvom sumraku
niti plavo paperje dlačica devojčice u klupi ispred
niko i nikad
a tebi niko neće vratiti
stasitog kad potrči ulicom okrene se i nasmeje

kad sam ja bila mala
mene su mnogo voleli
mama i tata i baka i seka
a deca me nisu volela
nisam umela da hvatam loptu
nisam umela da vozim bicikl
samo sam umela da igram žmurke
plašila sam se penjalica
lastiš nisam umela nikako
samo sam htela lakovane cipelice
što se čuju taka taka kad
igraš lastiš
onda sam krenula u školu
i u školi nisam dobro pisala
nisam dobro čitala
ali sam jako lepo pevala
pa sam otišla u hor
i kad bi neko dete trebalo
da peva
ja bih pevala
i bio je jedan dečko
koji je svirao gitaru
i ja sam u njega bila zaljubljena
i bio je jedan dečko
koji je svirao harmoniku
i on je bio mnogo bezobrazan
a onda sam počela da pišem
prva moja priča se zvala
devojka i vetar
bila jednom jedna devojka
lepa i ponosna
brza i smejava

sa dugom kosom i belim rukama
i ta je devojka mislila
ja sam najbolja i najlepša
ovde nema nikoga za mene
gde je taj koji je za mene
jednom je dobila cveće devojka
bacila je
drugi put dobila je pesmu
bacila je
treći put dobila je prsten
bacila je
i jednog dana došao je vetar
i vetar je tako zagrlio
da nije mogla da diše
i vetar joj je podigao suknju
i vetar joj je podigao kosu
i vetar je okrenuo i obrnuo
i nije znala devojka
šta se sa njom dešava
i onda je nju vetar podigao
i odneo daleko daleko
više je nikad nisu videli
ni mama ni tata ni bata ni seka
postala je strašna vetrovita kraljica
tamo u oblacima
i jedino što je volela
to su bila deca
deca dole što trče i skaču
deca što se smeju
deca što ne plaču
a sad spavaj

dvadesetog jula devedeset četvrte godine
slikana sam u ljubičastoj majici
sa belim delfinom i prugastim pantalonicama
na bulevaru
nakon što sam se najela pice mada su mi rekli
da ne smem ništa da jedem
jer sutra idem da se porodim
dvadeset prvog jula sam otišla da se porodim
malo sam zakasnila jer sam se uspavala
porođaj je izazvan nekoliko nedelja ranije
ne bi li moja majka videla svoje unuče
a održavala sam trudnoću
tako mlada i kilava
toga dana nasmejano sam otišla ujutru
popodne sam plakala i urlala od bolova
koji navodno nisu ništa posebno
a onda sam dobila injekciju u kičmu
pa sam se smejala kao budala
i nisam se dovoljno napinjala
nisu mi radili mišići
nisam imala osećaj
možda sam mu držala glavu duže nego što treba

trećeg avgusta popodne
dve hiljade četrnaeste godine
sedela sam u montaži kad su počele kontrakcije
ćutala sam čekala i brojala
bila je nedelja deset dana do termina
doktorka je bila na odmoru
u stanu sam sedela i brojala
a onda sam rekla idemo vreme je
dobro sam uradila

već je bilo počelo
taj dečko se okrenuo karlično
i morali su da me seku
dobila sam injekciju prvo malu dozu onda jaču
nisam mogla da zaspim pet dana
zubi su mi cvokotali
nisam mogla na noge tri dana
gledala sam stalno jednog u zgradi preko puta
kako mačku stavlja na krov
da se igra sa cvećem u saksijama
a onda je vraća u sobu

kad je bio u inkubatoru
stajala sam pored i gledala ga
napolju bio je grad
narodnog fronta i kafana gde mi je drug rekao
da mu je teško
maršala tita i stan gde je plavooki gledao tužno
reka dole titrava moja rođena reka sava
moj dunav moje nebo iznad grada u kome
sedim čitav život željna
neke su devojke vriskale i smejale se
dole na ulici jureći u noć
a moj je sin ležao i vriskao i on
i ja sam pružala ruku
i pevala mu pevala i kuckala mu kuckala
i čekala ga čekala da mi dođe na grudi

a sada on kaže mama hoću da se igramo
ovo je zmaj na njemu jaše trol
što si ga oborio što tučeš barbiku
ona plače spale su joj cipelice

jao što je lepa barbika
hajde da joj skinemo haljinu
da napravimo zamak od kockica

a kad je tetka bila mala šta je bilo
kad je tetka bila mala
kad je imala četiri godine oni su došli
u svoj prvi stan baba i deda i tetka i ujka
i tetka je izašla na terasu a terasa je imala
ogradu od stakla i tetka je gledala dole u rupu
vrtoglavog sveta to je bilo visoko
četvrti sprat a ujka je imao godinu dana
baba je poljubila parket
zamišljam da nikad nisu otišli odatle
da su ostali dok im nisu došli kreveti
i ormari kupljeni na kredit
koje sam ja posle mrzela
a ja se tad još nisam rodila
rodiću se deset godina posle toga
tada su možda stavili bebu ujku i malu tetku
da spavaju na kaputima i možda su imali ćebe
i onda su jeli hleba i jaja i pili su pivo
sedeći na parketu i onda su se možda ljubili
i ležali zagrljeni
i disali sa četvrtog sprata misleći
sada nam počinje život bez roditelja
sada nam počinje pravi život nisu bili u pravu
nikad neće živeti bez roditelja i bez braće i sestara
nikad neće tata dovoljno dugo da ostane kod kuće
zato je sad stalno tu
ne može više nikuda
a kad si ti bila mala

a kad sam ja bila mala ja sam jednu noć
toliko bila radosna da sam se okačila iznad šanka i
ljuljala se i toliko sam skakala da sam se upišala
a moja je drugarica grlila jednog strašnog čoveka
i sedela mu u krilu i trljala se i onda joj je on
pretio pištoljem i
onda sam ja pokušala da je spasem i nisam je spasla
on je odveo u stovarište i tamo joj svašta radio
i kad sam ja bila mala kidala sam retrovizore
i bacala sam tortu na zidove
i penjala se na stolove i sine ja sam
još uvek mala

a kad je ujna bila mala
kad je ujna bila mala ona je bila sama u velikoj kući
i nije imala ni sestru ni brata i onda je sedela sama
u velikoj kući sa velikim stepenicama i bila je tužna
imala je lutku
lutka je sedela pored nje na stepenicama
onda je ona rekla imaću ćerku i imaću sina
i nikad neću biti sama i nije bila u pravu

a kad je baba bila mala
a kad je baba bila mala bio je rat
i baba je imala malu sestru koju je trebalo da čuva
i malu sestru je pregazio italijanski tenk
i onda je njena mama, moja zla baba
govorila čitav život da je ona kriva
a italijanski vojnici su bili dobri
voleli su bambini i jednom su joj dali čokoladu
a dali su joj i makarone

a kad je deda bio mali
a kad je deda bio mali bio je rat
i deda je išao da se sakrije u seno
to je bio njegov dvorac i onda je tamo
došao jedan pas i ujeo ga za obraz

nikada mama nije doživela ništa očima
niti ušima niti prstima
samo srcem i stomakom
osim možda jednom kad je nebo prhnulo kroz jecaj
sporog voza iznad kanjona
a žar zalepršao preko ograde
ti vidiš to je nebo ti kažeš to su zvezde i već
nema toga sve je to otišlo u reči
i još jednom kad se prikrala livada na vrhu planine
sa strane već načeta hladom a na njoj duboka trava
ali se nije išlo na tu livadu
na drugu se išlo da se sedne
da se prostre ćebe napravi fotografija i užina
i još jednom i još jednom
kad vidiš nešto što nikad nisi video
ne tek tako nego videlo dođe samo
iznenadi i poljubi slikom i mirisom
i ima još nešto
samo što nije došlo
i naći ćemo
samo još malo

nekad su muškarci bili tako lepi
svi su imali po slomljen nos
žene su mesile hlebove
imale su ruke da stave na čelo da prođe

imale su stopala sa čukljevima i noge su im
šuštale u čarapama kao muve kad se umivaju
i čupkale su pincetama obrve
pušile nad razvučenim korama
zagledane u daljinu ispred prozora
a daljina je bila ispresecana zgradama i poljanama
gde su slični bili ljudi
a nekad su muškarci bili tako vešti
svaki je šutirao loptu i vrteo devojku oko sebe
onda su postali meki i guzati
a žene su krenule da hodaju i trče
i da nose rupu među slabinama i oštre brade
i sada svi idu u prirodu

o dođi dođi proleće
još jednom dođi mi
ne, znam da nećeš
što mi je žao što neću sirota
da sednem na motor
na putu šezdeset šest
da pijem milkšejk i jedem maraskino trešnju
i hamburger
da gledam orlove iznad kanjona
utrčim u talase okeana
vozim dasku
klizim kroz vlagu kroz aligatore
pijem brlju na stepenicama
slušam bendžo
što mi je žao što neću sirota
i što neću da
popijem korto kafu u latinskom kvartu
ujutru rano dok još smrdi na noć

a na prozoru je žena iznela
kanarinca koji bogoradi
što mi je žao što neću sirota
da spavam ispod belog drveta
dok bose dečje noge gaze dudinje
na oštroj travi koja se blatnjavo
spušta do volge majke
i žao mi je što neću sirota
da stignem da kažem svom mužu
ništa što nije muka
nas dvoje sanjasmo drumove
malo smo ih prošli
hteli smo slobodu
a ne znamo šta je to
nema je to znamo sad
kupićemo kola karavan
ide noć polagano
tutnji put plovi reka
ja gledam iznad mosta
na život moj i druge
koji su prošli i neće
da se vrate
cvetovi drhte kiša se sprema
udara grom čekam
svetlo se pruža vidim
bila sam voljena
nisam zaslužila
jesam
ko zna

mama pregleda noću zadatke svojih učenika
vežbanke stoje na kuhinjskom stolu i

skuvala je puno kafe radiće čitavu noć
televizor radi samo je utišan
prozor je otvoren iza nje
tata je legao na grudima mu piksla
gleda ispred sebe i smeši se
kroz prozor miriše dunav i čuje se
kako dečaci tapkaju loptu
ja kažem boli me stomak
mama ustaje stavlja mi ruku na stomak
i tamo je drži
i stomak je prošao
mama me ljubi u oči
i gladi mi obrve da porastu
i ja zatvorim oči

dva-tri puta gore-dole pod pogledom
zavijaju šume dan i noć ni drveta
ni ptice ne vidim samo jedan čovek
hoće štap da uzme glupom psu
jovan je igračke bacio kroz prozor
kroz temelje stare kuće gazim
pazim nogu da ne izvrnem uzimam
zebru prase žirafu medveda grizlija
tamo još spava crveni kamion čikica
mislim da je ratnik neki ima i kapu
i pušku u rupi pod kamenom zeva
gde je bio zid od kuće pas sa
velikim zubima trčkara i tu je mala
kućica za sreću sa špricom u kutiji
bombona dovoljno da veselnik sedne
na suvo i pokriveno da se lepo
ubode i dalje ode dva-tri puta

ima on da bira jedan ide preko mosta
drugi na jedno brdo treći u centar
samo daleko je drveće ima da se ide
i do reke ima da se ide a na reci
na majčici sveta kao da je
koncert ili demonstracije stoje u redovima
čekaju kafu vode kučiće a migranti
mladi momci peru noge u mojoj reci
i piju i jedu sve sedeći na
ćebićima a pecaroši pecaju
lepe žene trče mesa na njima nema
i majke guraju kolica
druga strana reke još je nemušta
tamo su spomenici
razrogačeni urokljivi raspeti sapeti
tamo i vamo visoke zgrade
soliteri živela sam u jednom
rekli su mi kako si na krovu sveta
pa imaš lep vazduh a ja sam
mili bila u kavezu a taj se kavez
ljuljao i ljuljao i vetar je duvao
jao što je bilo strašno
i nigde drveta i kad dođeš do drveta
šta da radiš sa njim
snage nemam omekšala sam
ono što gledam ne sviđa mi se
o kako mi se ne sviđa
vašar je veliki karusel
pakao čista zabava traje
namazaću nokte kupiću minđuše
napraviću frizuru za sve pare
kupiću dobre cipele i onda

idem da hodam i mislim tako
što mi je donelo vreme ovako i onako
prvo bude munja a onda grmi
pa treba da čučneš ali da ne diraš mnogo zemlju
i ako ti neko kaže da te poštuje
taj te baš mnogo mrzi
i ako jedna hoće da te vodi na kafu
ta hoće nešto od tebe
zašto kafu zašto ne slaninu
i zašto da ne češljamo jedna drugu
ja bih volela da me neko pomazi po glavi
danima prođe da me niko ne pipne
čujem zvona kako zvone zvonko
pa se prekrstim gromko
a tamo je sve u zlatu
ja zlato volim sve me golica nešto
kad vidim zlato
volim i belo zlato sve mljackam nešto
kad vidim belo zlato
volim i srebro samo manje a najviše
volim bisere kad vidim bisere ja bi ih pojela
a zvono kad čujem i vidim
trepćem i dođe mi da lajem
vidi li me gospod kako sam jadna
glupa i tašta
prekrstiću se gromko
slušaću zvono zvonko
ruže mi nisu procvale
ni ruže ni narcisi
muž mi je rekao ljubav moja
sve cveće kod tebe krepa

i šta je danas jovane
danas je hristos se rodi
i gde se rodio on
u štali
tako je
u štali u vitlejemu
pod istim ovim nebom
gde smo sada mi
i baba se rodila u štali
i idemo kod babe
ljuti deda jovan ostario
na vratima stoji
baba milka moja lutka
rođena u štali
veštica ilirska iz kosti
prokletija stoji iza njega
u trenerci umotana u tri šala
pod je umazan
uštipci na stolu mladi kajmak
a sofija moje dete moja
smešljiva plačljiva kosooka
sestričina do očiju umazana
u melem jer je ulje sa uštipaka
prsnulo i opeklo je
jovan i milka roditelji baba i deda
prababa i pradeda
uplašili se toliko da on
ne priča što toliko pušim
ne vidi da pijem drugu flašu vina
dok se deca klibere
na televiziji šlager pevač
diže glas za oktavu da naglasi

patos svoje ljubavne
situacije
uštipke i kajmak sa kolena jedemo
na stolu nema mesta
sve naše slike zure sa zidova
miona moje dete bila je u tanganjiki
kaže
vidi koliko mi je kose otpalo tamo
valjda je vlažno jao kako su
crnci siromašni deca su mnogo slatka
vidi jovane šta je ovo
to je majmun
to je okean
vukan jede i vratiće nas kući
ja gledam sofiju
hoće li joj ostati
ožiljci

onda na večeru odlazim
na večeri pričam pametno
ali previše
mladoženja mi kaže
mnogo piješ
ja se ljutim
donji je dorćol naglo i neizrecivo
počinje da pada krupan sneg
i pada sve je belo
suze se skupljaju prete
belina svuda
ne vidi se
kod kuće moji sinovi
spavaju

oleg je zaspao isto
ponekad noću uđem kod njega u sobu
da ga mirišem
vukanu hoću da zovem taksi
on kaže ne
hoću da hodam sada je najlepše
a možda kupim i neko piće
sve je tiho
virus strašan ljude
na kolena baca
ja kažem šetaj sine i javi se
kad stigneš
ispred lifta visok bezobrazan
crn bled već otišao kaže
šta ima da se javljam
a sneg i dalje pada
čist celac sneg već se uhvatio vidim
hodaj
kad prođeš moju zgradu stani okreni
prsima prema hramu
iza je autoput
njime možeš otići na planine
možeš i na more
ja to more
nikad nisam zaboravila
tebi nije važno
i to je dobro
nemoj ići desno i gore tamo prave zgradu
za bogataše ne može da se prođe
idi nebojšinom
da, idi nebojšinom
pričam sama sebi

sa leve strane je park
olegova baka je tu u tom parku videla
kako lete ljudi
lepo su leteli na sve strane
od bombi i na drveću bilo je ruku
i nogu
sada je park pod belim čistim snegom i nikog nema
nema ni ruku ni nogu
sada je najlepše
i onda
videćeš crnog đorđa
dva metra je visok bio
silne je ljude posekao
krivom sabljom
pogledaj levo tamo su bolnice
baba milka je tvoga tatu
svako jutro vodila na vežbe
eno ih prelaze ulicu kupila mu je sok
sela je na klupu zapalila cigaretu tvoj tata
se muči da ubode
slamčicu u sok zamazao je ručice
u gusti lepljiv sok
mirisan od breskve
gleda svoju mamu a ona će naći
vode da ga opere
i umije i poljubi i eno ih potrčali
deda čeka da ih poveze
pogledaj sine
tetka daša čizmicama vrcavo ide
u haljini beloj lepršavoj
sa crvenim kaišom preko struka
trube joj ona je toliko lepa

nosi vruće pogačice i jogurt
da pojede na klupi
ide da uči u biblioteku
onda prođi pored hrama
u hramu puno je zlata
pogledaj gore on kaže
pustite decu da dolaze k meni
i ne branite im
u kaputu sine nosiš vinjak i pivo
tamo prema čuburi popij vinjak
kad ti se razleti po krvi
ugasi hladnim pivom
videćeš na klupi mene
i nikolu kako mu
sedim na krilu
a hram se gradi
smejemo se
došao je na odsustvo
prođi hram i idi bulevarom
tu je grad nekad završavao
počinjale su štale i blato
spusti se velikom ulicom
do tvoje lepe kuće
iza tvoje lepe kuće ima most preko dunava
tamno stoji vojvodina ravna
razne su se vojske tu
zaustavile
možeš da kupiš marcipan
sa mustafom i eugenom savojskim
kupi mi ja ću ga jesti
pozovi druga na piće u svoju lepu kuću
treba samo da pređe ulicu

sedite za sto
i dalje će da pada sneg
eto me deco letim kroz pahulje
nad mojim belim gradom
sutra će ga isprljati
razneti
kopati graditi
gađati gaziti
pregaziti a sneg će opet da pada
dunavom ploviće led
onda će nova deca da zaplaču
kad progledaju kad prodišu
trešnje paperjem plaze već vidim
doći će i leto
golim će leđima devojke ploviti
i vladati
hodaj mi sine daleko
živi uči gledaj praštaj
i nemoj ništa
zaboraviti.

Milena Marković
D E C A
III izdanje

izdavač LOM Beograd • *za izdavača / oprema* Flavio Rigonat
štampa Caligraph / Beograd • tiraž 2000
Beograd / 2022.

ISBN 978-86-7958-277-5

CIP - Каталогизација у публикацији
Народна библиотека Србије, Београд

821.163.41-31

МАРКОВИЋ, Милена, 1974-
Deca / Milena Marković. - 3. izd.
Beograd : Lom, 2022
(Beograd : Caligraph). - 162 str. ; 21 cm

Tiraž 2.000.

ISBN 978-86-7958-277-5

COBISS.SR-ID 55566345